구전 육담 기행

육담

(큰글자책)

구전 육담 기행

육담

개정2판 1쇄 발행일 2020년 1월 20일
개정판 1쇄 발행일 2006년 2월 20일
초판 1쇄 발행일 1998년 12월 16일

쓰고엮은이 이원규
펴낸이 이원중

펴낸곳 지성사 **출판등록일** 1993년 12월 9일 **등록번호** 제10-916호
주소 (03458) 서울시 은평구 진흥로 68(녹번동) 정안빌딩 2층(북측)
전화 (02) 335-5494 **팩스** (02) 335-5496
홈페이지 www.jisungsa.co.kr **이메일** jisungsa@hanmail.net

© 이원규, 2020

ISBN 978-89-7889-433-3 (03810)

이 도서의 국립중앙도서관 출판예정도서목록(CIP)은 서지정보유통지원시스템 홈페이지
(http://seoji.nl.go.kr)와 국가자료공동목록시스템(http://www.nl.go.kr/kolisnet)에서
이용하실 수 있습니다. (CIP제어번호: CIP2020001297)

큰글자책

구전 육담 기행

육담

이원규 쓰고 엮음

 지성사

현대판 '고금소총'이 되길

　　30여 년 전 내가 아직 어린 중학생이
었을 때 남몰래 『고금소총』을 읽은 적이 있다. 읽을 책
이 귀하던 시절, 어쩌다 내 손에까지 흘러왔는지 모르겠
지만 이 책을 먼저 접함으로써 내 주변에는 언제나 친
구들이 많았다.

　솔직히 말하면 가난하고 볼품없던 어린 시절 『고금소
총』은 내게 그 어떤 위인전보다 효용이 있었다. 지위고
하를 불문하고 남녀노소를 넘나드는 풍자와 해학은 가
난과 억압의 시절 또 다른 해방구이자 카타르시스였다.

비교적 성이 개방적이었던 고려시대에는 이인로의 『파한집』, 최자의 『보한집』 등에 육담이 자유롭게 실렸으나 국가 이념이 유교였던 조선시대에는 성종 이후에야 문헌에 수록되기 시작했다.

음담패설과 설화를 엮은 강희맹의 『촌담해이』(웃다가 턱이 빠질 정도의 시골 이야기), 송세림의 소화집인 『어면순』(졸음을 쫓는 방패) 등이 대표적이다.

특히 관직에서 물러난 송세림이 고향으로 내려가 당시의 재담·음담·풍자 등의 얘기 88편을 엮은 『어면순』은 남녀의 성희롱을 노골적이면서도 해학적으로 표현한 일종의 '외설서'이지만, 그럼에도 불구하고 문학적 작품성을 널리 인정받고 있다.

이러한 책들과 『태평한화골계전』, 『속(續)어면순』, 『기문』, 『진담록』, 『성수패설』 등에 실린 얘기들 가운데 음담패설류의 우스운 얘기 789편을 모은 책이 바로 '예나 지금이나 우스운 얘기를 모은 책'인 『고금소총』이다. 편자와 연대는 미상인 것으로 보아 조선시대의 유교적인 시대상을 엿볼 수 있다.

아무튼 개정판으로 펴내는 이 책이 몇 년 전 북한 사회과학원이 엮은 『야담 삼천리』와 더불어 현대판 『고금소총』이 되기를 바랄 뿐이다.

이원규

초판 서문

육담, 그 카타르시스 세계로의 초대

육담(肉談)은 하위문화로 치부돼 오면
서도 그 생명력 하나는 예나 지금이나 변함이 없다. 육
담의 내용이 다소 부도덕하거나 성의 불평등을 담고 있
다 하더라도 저의나 악의는 없다. 말하는 사람도 웃기려
하고, 듣는 사람도 그저 웃으며 일시적이나마 카타르시
스를 얻으려는 것뿐이다.

특히 유교문화에 깊숙이 젖어 금기시돼 오던 성을 풍
자나 해학적이면서도 노골적으로 얘기함으로써 억압된
성으로부터 잠시나마 해방되고 쾌감을 느끼게 되는 것

이다. 동물과는 달리 성을 즐기는 인간 '호모 에로티크'로서 조금의 차이는 있을지언정 동서양이 다르지 않고, 남녀노소나 계급·계층이 다르지 않다.

육담은 오히려 성적인 문제를 은폐함으로써 야기되는 문제는 없는지 돌아보게 한다. 사실 음성적인 성문화는 성을 죄악시함으로써 더 많은 문제점을 노출해 왔다. 그러므로 육담은 성교육에도 도움이 된다고 감히 말할 수 있다. 음습한 성을 밝은 곳으로 드러내는 데 일조한 육담의 순기능적 측면을 결코 무시할 수 없는 것이다. 정면으로 드러내기에는 미묘하고도 난감한 성적 문제를 해학과 풍자가 곁들여진 육담을 통해 자연스럽게 전할 수 있기 때문이다.

또 육담은 사회상의 변화에 민감하게 반응하면서 표출된다. 조선시대에는 봉건적 유교사상의 일면을 여지없이 난타하며 풍자해 왔으며, 요즘은 억눌려 왔던 여권의 신장을 곧바로 반영하기도 한다. 1996년 7월 한국민속학회 주최로 열린 '한국 민속과 문학에 나타난 육담의 세계관' 세미나 이후 육담은 민속학의 주요 연구분야로서 더욱 세인의 관심을 끌게 됐다. 이와 더불어 올해엔 강릉 단오제의 육담 대회도 열렸다.

이 책에 실린 글의 대부분은 〈월간중앙 WIN〉에 인기리에 연재된 것이다. 입심 좋기로 소문난 소설가 김주영 선생의 걸판진 육담과 남한 각 지역의 육담, 그리고 북한과 연변의 육담, 강릉 단오제의 육담 대회 등을 풍성하게 담고 있는 이 책은 아마도 육담 관련 초유의 출간이 될 것이다.

민속학 연구에 정열을 바쳐 온 여러 민속학 연구자들께 경의를 표하며, 특히 이 책의 주요 필자인 아세아민속학회장 김선풍 중앙대 교수, 임재해 안동대 민속학과 교수, 박순호 원광대 국어교육과 교수, 강원도 민속학회장 김기설 선생 등과 소설가 김주영 선생께 감사드린다.

그리고 출판계의 위기 속에서도 양서 출판을 고집해 온 이원중 대표를 비롯해 지성사의 모든 식구들에게도 아낌없는 갈채를 보낸다.

이원규

01_ 소설가 김주영의
육담 한마당

02_구전 육담 기행

1

소설가 김주영의
육담 한마당

할 말(馬)이
없습니더

육담은 부도덕하기만 한 것일까. 오히려 성적인 문제를 은폐함으로써 야기되는 문제는 없는가. 육담은 비윤리적인 내용을 담고 있는 듯하지만 그 자체로 악의나 저의를 갖고 있지는 않으며, 성도덕을 위태롭게 할 의사도 없다. 단지 카타르시스만 있을 뿐이다.

우리나라 문단에서 입심 좋기로 소문이 자자한 『객주』의 작가 김주영(金周榮). 그의 걸쭉한 육담을 한번 들어 보자.

인기 드라마 「옥이이모」에 나오는 술집 작부의 아들 복태를 아능교? 그리고 정이 많으면서도 인생의 교훈에 대해 언제나 근엄하게 가르치는 선생님도 아능교?

어느 날 그 복태가 심각하게 질문을 하는데,

"샘(선생님)요, 와(왜) 여자들은 밤마다 밑에 깔려서도 기뻐하고 남자들은 땀을 흘리며 힘들어하능교?"

그러자 선생님이 말씀하시길,

"복태야, 샘은 이래(이렇게) 생각한다. 니는 콧구멍을 후빌 때 손가락이 시원하더나, 콧구멍이 시원하더나?"

이쯤 되면 폭소가 터지기 시작한다. 처녀, 총각, 유부녀, 아저씨, 할머니 가릴 것 없이 배를 움켜잡는다. 흡족해진 이야기꾼은 잠시 좌중을 훑어본 다음 담배 하나 꺼내 불을 붙이며 「옥이이모」 2탄을 슬슬 시작한다.

"샘요, 그라문(그러면) 여자들은 그걸 그리도 좋아하문서도 와 겁탈당하는 것은 싫어합니꺼?"

"복태야, 잘 듣거래이. 샘은 이래 생각한다. 니는 길을 가는데 말도 없이 갑자기 누가 네 콧구멍을 콱 쑤시면 좋더나?"

다시 포복절도가 터지고 이야기꾼의 미소 띤 입에선 거침없는 육담이 술술 풀려 나온다.

"샘요, 와 여자들이나 남자들 모두 콘돔 끼는 걸 싫어합니꺼?
"복태야, 내는 이래 생각한다. 니는 코를 후빌 때 고무 장갑을 끼고 하면 후련하더나?"

다시 터진 폭소의 파도가 가라앉길 기다리는 동안 애기꾼은 강원도 감자술 한잔을 들이켜며 잠시 생각에 잠긴다. 웃다 못해 찔끔 눈물을 흘리는 청중들로 이야기꾼은 더욱 신이 난다.
"사람들 중에 '말(馬)' 시리즈 아는 사람 있나? ……있다고요? 혹시 있더라도 들어 보이소. 이 얘기의 원조가 바로 납니더."

오래지 않은 옛날에 부부 금실이 좋은 수말과 암말이 살았는데 그만 수말이 급사를 하고 말았능기라. 졸지에 서방 잃은 암말이 앞발로 땅을 치며 히힝 힝, 통곡을 하는데 차마 눈뜨고는 못 봐 주겠능기라.

　이웃 마을에서 문상 온 수말들이 딴에는 위로의 말이라고 한마디 건네는데 "할 말이 없습니더" 하능기라. 할 말(馬)이 없다고. 그러자 통곡하던 암말이 대답하능기 또 걸작이라. "이상 할 말이 없어졌습니더."

　급사한 수말의 동생마저 형수의 앞발을 잡고 한마디 거드는데 "형수요, 우야믄 좋겠십니꺼. 드릴 말이 없습니더" 하니 그만 암말은 서러움이 더 복받치능기라. 어째어째 탈상을 치른 암말이 남편 없는 밤을 뒹굴며 지새다 버선발로 무덤으로 달려가 통곡을 하는데 한번 들어 보소.

　"여보, 당신이 죽고 없으니 아무 말이나 할 수도 없고 해 줄 말이 하나도 없습니더. 우야믄 좋겠십니꺼?"

　그때 이 말을 들은 온 마을의 수말들이 떼를 지어 우두두 달려오는데, 어린 말 늙은 말 가리지 않고 우르르 달려오는데, 암말이 보니 기가 막히능기라. 좋기야 무지하게 좋지만 걱정이 꽉 되능기라. 암말은 다시 남편의 무덤에 엎드려 자문을 구하는데 왈,

"여보, 할 말 안 할 말 모르겠십니더. 할 말 안 할 말 가리는 방법 좀 알려 주이소."

얘기가 막 끝나고 폭소가 그칠 줄 모르는데 옆에 앉아 있던 청년 하나가 털썩 무릎을 꿇으며 "더 이상 드릴 말이 없습니더" 한다. 이에 입심 좋은 이야기꾼이 바로 한마디 받는다.

"에라이 나쁜 자식, 그라믄 젊은 너만 묵고 늙은 나한테는 줄 말이 하나도 없다, 이 말이지? 나도 나이는 좀 먹었지만 아직 팔팔하다카이. 옛날에 할아버지 말 한 마리가 운 좋게도 처녀 말과 동침하게 됐는데 그냥 막 회춘이 되능기라. 히힝 힝, 감격한 늙은 말이 회한의 말 한마디 던졌지. '여태까지 한 말은 그야말로 말도 아니었다카이!'"

한여름 저녁 무렵 강원도 평창군 둔내의 한 산자락에서 벌어진 풍경이다. 이야기꾼은 다름 아닌 『객주』의 작가 김주영 씨다.

1996년 7월 27~29일 문학의 해 조직위원회가 산중에서 마련한 '문학인과 독자의 문학캠프'. 2박 3일 내내 소설가 김주영 씨 곁에는 문인이나 독자들 수십 명이 포진해 있었다.

낮밤 없이 술판이 벌어지고 지칠 줄 모르는 그의 육담이 시작되면 정규 프로그램 시간을 까맣게 잊어버린 독자들뿐만 아니라 선후배 문인이나 기자들이 눈을 빛내며 귀를 쫑긋 세운다.

이미 입심 좋은 소설가로 명성이 자자한 김주영 씨의 육담은 그 어떤 프로그램보다 더 뜨겁게 캠프의 열기를 달구었다. 시인, 소설가 40여 명과 독자 등 400여 명이 참가했던 이 캠프는 거의 소설가 김씨의 독무대였다.

그의 인기는 캠프를 여는 기조 강연 '문학의 즐거움'에서 이미 예고되었다. 문학의 즐거움은 있을 수 없으며 단지 문학의 고통만 있을 뿐이라면서도 강연 내내 독자들의 박장대소를 자아냈다. 목소리가 높은 것은 모두 가짜고 그것은 곧바로 이기주의와 연결돼 있을 뿐이며, 그래서 영혼과의 대화는 목소리가 낮을 수밖에 없다면서도 그는 시종일관 큰 목소리로 폭소를 유도해 냈다.

그는 한때 언론의 도마질에 올랐던 유부녀 매춘행위를 '과외'라는 말로 단정했다. 정규과목인 남편이 아니라 다른 사내와의 관계는 분명 특별과외라며 그들의 진술 중에서 "하고 싶어 했을 뿐"이라는 말에는 공감한다고 했다. 자신도 소설을 '하고 싶어 할 뿐'이라며 본인의 문학관을 풀어놓기도 했다.

그런데 그 과외를 한 유부녀들이 돈을 벌어 자식들의 과외공부를 시키니 분명히 이는 '이중과외'라며, 자신도 삶의 과외인 소설을 써서 번 돈으로 자식들 공부시키니 이중과외를 하고 있다고 익살을 떨기도 했다. 엄숙한 척하는 문학인에 대한 경고 그리고 삶을 이해하기보다 엄숙하게 공부해야 문학을 제대로 한 것으로 믿는 독자들에게 일침을 놓으면서 그 특유의 입심을 발휘한 것이다.

육담은 요즘 말로 음담패설(EDPS)이다. 1996년 7월 한국민속학회 주최로 열린 '한국 민속과 문학에 나타난 육담의 세계관' 세미나에는 평소 육담의 대가 50여 명의 학자들이 모인 바 있다.

육담을 행위예술의 수준에까지 끌어올린 한양대 최래옥 교수와 수많은 음담패설집을 집필한 임재해 안동대 교수 등이 모여 음담패설의 학문화(?)를 시도해 눈길을 모았다. 민속학자가 아닌 소설가 김주영 씨도 제의를 받았지만 참가하지는 않았다.

문단에서 소문이 자자한 육담가로는 시인 이근배와 소설가 황석영, 「황구의 비명」의 작가 천승세 그리고 김주영 씨가 있다.

소설에 나타난 서민들의 육담

민속학자들이나 이 소설가들은 한결같이 육담을 '삶의 활력소'라고 규정한다. 육담은 건전한 사회를 이끄는 동력인데 유교의 영향으로 성적인 문제를 자꾸 은폐만

해 옴으로써 더 많은 문제가 파생됐다는 것이다.

아세아민속학회 김선풍 명예회장은 육담을 중국 조선족들이 부르듯 '고기 이야기'라고 한다. '고기〔肉〕'라는 말에 담긴 욕정적인 속살의 부딪침, 에로틱한 섹스를 감각적으로 느낄 수 있는 그런 이야기를 말한다고 한다. 사전적 의미는 '성기, 성행위, 남녀 간의 성과 관련된 사항을 재료로 해서 꾸며진 이야기'이다.

육담은 남의 성생활에 침해할 의사가 없으며, 성도덕을 위태롭게 할 의사도 없다. 단지 은폐되고 왜곡돼 있는 성 문제에 갇혀 있는 사람들에게 잠시나마 활력을 불어넣을 뿐이다.

그러면 김주영의 소설 속에서는 육담이 어떻게 녹아 있는지 잠시 살펴보자. 그의 소설 『외설 춘향전』(猥說이 아니라 外說)에서 보여 주는 우리식 성의 표현은 한 경지를 보여 주고 있다.

벗긴 옷 둘둘 말아 한편 구석에 던져 두고 골즙(骨汁)을 내기 시작하는데, 삼승(三升) 이불은 방 네 귀퉁이의 먼지를 쓸어 가며 춤을 추고, 윗목에 놓여 있던 자리끼 사발과 발치에 놓여 있던 자기 요강은 이불 속의 장단과 높낮이를 맞추어 정그렁 쟁쟁 숭어뜀을 뛰더라.

문고리도 질세라 달랑달랑 섣달 추위에 사시나무 떨듯 몸부림을 쳤고, 등잔불도 이불 귀퉁이가 들썩거릴 적마다 까물까물 까무라쳤다간 다시 일어나더라.

날이 새는 것도 아랑곳 않고 이합(二合) 삼합(三合)으로 이어지는데, 이불 속에서 입 맞추는 소리가 밖에서 지키고 서 있는 방자의 귀에는 기름병 마개를 따는 소리와 방불하여 자주 귀를 의심하더라.

또 하나의 예로 그의 장편소설 『야정(野丁)』의 한 구절을 보자.

"용두질이란 천류들이나 하는 소릴세."
"그럼 뭐라고 하나?"
"유식하게는 하초행공(下焦行功)이라 한다네. 하초행공에도 여러 가지 방도가 있지. 찬이라 하여 낭심을 잔

뚝 모아 쥐고 토닥거리는 법이야. 쟁이라는 것은 양경을 돌 위에 얹고 쿡쿡 찌르는 것일세.

그런가 하면 차라고 해서 고환을 비비는 법도 없지 않고, 속이라 해서 준두를 두드려 주는 법도 있네. 무라고 해서 부드럽게 어루만지는 법도 있고, 졸이라 하여 털을 뽑듯 옥경을 뽑았다 놓았다 하는 법도 있다네.

그런가 하면 악이라 해서 양손으로 훑어 올리는 법도 있으니, 집에 가거든 임자가 손수 홀아비들 불러 앉히고 손때 먹여서 가르쳐 주게.”

“그런 흰소리는 어디서 배운 도둑질인가?”

“도둑질이라니, 남의 행색 깎지 말게. 어떤 땡초에게 곡차 대접까지 해 가며 배운 어엿한 풍월일세. 비윗장 틀리게 도둑질이라니.”

육담으로 지루한 시간을 죽여 내고 행보는 부지런히 떼어 놓아서 한낮이 훨씬 뒤에 동횡로 어름에 당도하였다.

여기서 말하는 용두질 또는 하초행공은 자위행위를 말한다. 육(肉)허기는 성욕에 굶주린 것을 두고 하는 말이다. 현대의 육체노동자들이나 조선시대 서민들이 먼 길을 가거나 일을 할 때 무엇으로 견디고, 짝을 짓지 못한 머슴이나 농민들은 긴긴 겨울밤을 또 무엇으로 달랠 수 있었겠는가.

갑자기 터져 나오는 사랑방, 선술집의 웃음소리는 대개가 육담 때문이었다. 시름을 달래는 민초들과 작부들의 육담은 그들의 삶, 곧 살아 있음의 징표였다. 그렇지 않고서야 어찌 한순간이나마 살아 있다고 말할 수 있었을까.

바로 이 지점에 김주영의 소설이 있고 육담이 있다. 재미와 내용을 함께 겸비하지 않은 소설은 소설이 아니라고 믿는 이야기꾼 김주영의 문학관이 고스란히 드러나는 대목이다.

그러나 김주영 씨의 육담을 언제 어디서 누구나 들을 수 있는 것은 아니다. 몇 가지 전제 조건이 있다.

첫째, 술이 있어야 한다. 막걸리, 소주, 맥주, 양주 안 가리지만 맥주일 때는 찬 것 말고 그의 말 그대로 '히야시 안 된 것'이 있어야 한다. 장이 안 좋아 찬 맥주를 마시면 설사를 하기 때문이다. 잠시라도 술이 떨어지면 그의 머릿속에 입력돼 있는 육담들이 꿰어지지 않는다. 그리고 그 술은 공짜여야 한다. 돈을 받지는 못할망정 술을 사 줘 가면서까지는 못하겠다는 것이다.

둘째, 남자들만 있으면 하지 않는다. 단 한 명일지라도 여성이 있어야 한다. 그래야 그의 상상력은 힘을 발휘한다. 그렇다고 그가 '색골'이라고 주장하는 것은 아니다. 단지 그렇다는 것이다.

셋째, 그가 얘기할 때 미성년자는 청취관람불가다. 혹 미성년자라 할지라도 모든 말을 이해하든지 슬그머니 얼굴 붉히며 사라지지만 않는다면 들을 자격이 있다.

넷째, 그의 말 도중에 이미 아는 얘기라고 톡톡 끼어들면 더 이상 얘기하지 않는다. 그리고 아는 척해서도 안 되고, 이 사람 저 사람 눈동자를 맞춰 가며 얘기하기 때문에 고개를 숙여서도 안 된다.

또 설사 남성우월주의에 가득 찬 얘기여서 여성이 다소 성적 대상으로 취급되더라도 청중이 여권주의나 페미니즘을 들고 나오면 더 이상 말하지 않는다. 그런 청중은 그 자리에서 쫓겨나거나 깊이 반성하고 뒷자리로 물러나야 한다. 육담일 뿐이지 어떤 이념이나 대단한 철학을 얘기하는 게 아니기 때문이다.

육담은 그저 삶의 활력소일 뿐인데 여성을 도구화하고 있다느니 뭐니 하면 듣지 말고 사라지면 될 일이라는 것이다. 육담은 현실에 있을 수 없는 얘기를 만들어 삶의 고단함을 잠시 잊어 보자는 것이기 때문이다.

거기에다 대단한 의의와 해석을 다는 사람은 위선의 지식인뿐이며 그런 자는 드라마, 소설도 보지 말고 집에 가서 철학 서적이나 읽으며 혼자 살라는 것이다.

마지막으로 그의 얘기를 듣고 재빨리 폭소를 터뜨릴 수 있는 준비, 그러니까 영민함이 있어야 한다. 아둔한 사람이나 내숭을 떠는 자는 바보가 되기 십상이다.

대개의 책이나 방송, 신문, 잡지에 나오지 못하는 '자지, 보지, 똥구멍' 등이 거침없이 쏟아져 나온다. 이것에 대한 거부감을 지우지 못하면 그는 또 더 이상 얘기하지 않는다. 왜 '자지'를 '성기'라 하는가. 왜 '보지'라는 좋은 말이 있는데 굳이 '음부'라고 하고 '씹'을 '섹스'라

하는가. 그러면 더 고결해지고 '보지, 자지'의 신분상승
이라도 이뤄지는가 하고 반문한다.

음습한 성, 밝은 곳으로 드러내야

강원도 산야에 어둠이 내리고 밤이 깊어 가도 소설가
김주영 씨는 지칠 줄 모르고 육담을 풀어놓는다.

항해하다가 배가 난파되는 바람에 널빤지 위에 사내
세 명만 살아 남았능기라. 생사의 벼랑에 서 있지만 배
고픈 것은 차마 못 참았겠지? 결국 그들은 비장한 회의
끝에 하나의 결론을 냈능기라. 여자가 없으니 필요 없는
것이 딱 하나씩 있는데, 죽을 땐 죽더라도 일단 그거라
도 먹고 견뎌 보자고 중론을 모은 거야.
그런데 갑자기 한 놈이 의사진행 발언이 있다며 손을
번쩍 드는 거야. 그놈이 하는 말,
"기왕 먹을 거면 확실하게 키워서 먹읍시다."

순간 폭발적인 웃음소리가 어둠을 몰아내고 포연처럼 퍼져 나간다. 좌중을 한번 휘 둘러보던 김주영 씨는 술잔을 들다 말고 호기 있게 말한다.

"에이 술이 다 떨어졌구마! 빨리 술 좀 구해 오소. 그라고 막간에 광고 하나 하겠는데 이 자리에 모인 사람들은 며칠 뒤에 나오는 내 소설책 다 사 보겠지? 가는 게 있으면 오는 게 있어야지, 안 그렇소? 제목은 '야정'인께 꼭 사 보라고. 다섯 권짜리야. 여기서 확답을 하지 않으면 더 이상 얘기하지 않을 테니까 알아서들 하라고."

그는 일일이 확답을 받고는 흡족한 듯 담배 하나 물고 다시 얘기를 시작한다.

"초등학교 5학년짜리 사내아이가 4학년짜리 계집애에게 임신을 시키 뿌렀능기라. 온 신문에 대서특필되고 초등학교 5학년생은 이제 막 패륜아가 돼 버렸지. 결국 법정에 나선 사내아이의 엄마는 아무래도 믿기지 않고 억울한기라. 판사 앞에서 벌떡 일어난 사내아이의 엄마가 갑자기 아이의 바지를 확 벗기더니 자지를 만지면서

'판사님도 눈이 있으면 보이소. 이걸로 어떻게 가능하겠습니꺼? 상식적으로 생각해 봐도 이게 말이 됩니꺼? 억울해 몬 살겠십니더'라고 말하며 울음을 터뜨릴 참인데, 사내아이가 어머니의 귀를 잡아당기며 한마디 하능기라. 뭐라고 했는가 하면…….'

여기까지 말해 놓고 얘기꾼 김주영 씨는 아무 일 없었다는 듯 느긋하게 금방 구해 온 감자술을 한잔 마시고는 "그참, 맛 좋다" 하며 딴청을 부린다. 어느새 수십 명으로 불어난 청중들은 바짝 다가앉아 그의 입만 바라보며 침을 꿀걱 삼킨다. 그제야 그는 흡족한 듯 미소를 띠며 얘기를 잇는다.

"그놈이 뭐라캣나 하면 '어무이요, 자꾸 만지면 우리가 엄청 불리해진다카이' 하능기라. 핫하하."

요절복통을 넘어 사람들의 표정은 웃다 울다 모두 하회탈이 되고 만다. 열화와 같은 성화에 힘입어 김주영 씨는 화장실 갈 시간도 없다. 화장실에 가려고 일어서면 모두들 따라 일어서기 때문이다. 결국 못 이기는 체하고 이야기 보따리를 더 풀 수밖에.

"나 원 참, 오줌도 못 누고 이게 뭐꼬? 남는 장사도 아닌데 내가 미쳤제? 그란데 이왕 말을 꺼냈으이 안 할 수도 없고…….

이탈리아 어느 지방에 가면 경찰들은 신분증이 따로 없능기라. 왜냐하면 경찰만 콧수염을 기르고 일반인들은 절대로 콧수염을 기를 수 없기 때문이지.

어느 날 비가 부슬부슬 오는 새벽에 도둑놈 하나가 막 부잣집 담을 넘고 있었어. 그때 등뒤에서 '꼼짝 마, 경찰이닷!' 하는 소리에 놀라 그만 도둑놈은 담벼락 밑에 처박히고 말았지.

'아이고, 인자 죽었구나' 생각하며 경찰의 얼굴을 보았더니 콧수염이 없능기라. 얼마나 황당하겠어? 경찰도 아닌 것이 놀라게 했으니.

'야, 이 새끼야! 니가 뭔데 남의 밥벌이에 끼어드는 거야. 죽고 싶어?' 하면서 도둑놈이 막 면상을 날리려는데 경찰을 사칭한 자가 '잠깐!' 하고 소리치는 거야. 그러고는 갑자기 혁대를 풀고 바지를 까 내리는 게 아니겠어? 눈이 휘둥그레진 도둑놈에게 한마디 던지는데 뭐라고 했느냐…… '나는 비밀경찰이다!'"

박장대소가 끝나기도 전에 혁대를 슬쩍 풀던 김주영 씨가 "나도 비밀경찰이다!" 하고 소리친다. 도저히 오줌을 참을 수 없다는 시늉을 해 청중들의 폭소를 한 번 더 끌어내고 나서야 그는 화장실에 갈 수 있었다.

화장실에까지 따라간 극성팬들에게 이끌려 다시 돌아온 그는 좌중의 시선이 자신에게로 머무는 것을 확인하고서야 다시 입을 열었다.

"하나만 더 하까? 요즘 세계화, 세계화 하니까 나도 영어로 한번 해 볼 생각인데 잘 들어 두소."

내가 영국에 갔을 때의 일인데 거기서 활쏘기 대회를 봤능기라. 그런데 한 소년의 머리 위에 사과를 얹어 놓고 그것을 맞혀야 하니 선수들이 함부로 나서지를 않았겠지?

때마침 지나가던 사내 하나가 백 미터쯤 뒤로 걸어가

더니 돌아서서 제대로 겨누지도 않고 휙 하고 활을 쏘는데 정말 신기하게도 화살이 머리 위의 사과를 꿰어 버리는 거야.

나를 비롯해 모든 구경꾼들이 놀라 "후 아 유?" 했더니 그 사내가 목소리를 쫙 깔면서 "아이 엠 빌헬름 텔" 하능기라.

와아 하는 함성이 터지는 가운데 또 한 사내가 쓰윽 나오더니 아무 말도 없이 백 미터쯤 걸어가능기라. 갑자기 돌아서서 활을 쏘는데 이번에도 정확히 사과를 맞혀 버린 거야.

구경꾼들은 박수를 치며 난리를 쳤지. 또다시 합창하듯 "후 아 유?" 하고 물었더니, "아이 엠 로빈 훗" 하고 대답하능기라.

역시 로빈 훗이 최고라며 고개를 끄덕이는데 또 한 사내가 걸어 나오능기라. 한 발 두 발 걸어 한 이백 미터쯤 가더니 돌아서자마자 휘익 활을 쏘는 거야. 그런데 우얄꼬. 화살이 사내아이의 이마를 정통으로 맞혀 버려 그 아이는 즉사하고 말았능기라.

분노한 구경꾼들이 그놈을 향해 소리를 질렀지. "후 아 유? 너는 어떤 새끼냐?" 그러자 그놈이 목소리를 쫙 깔면서 하는 말, "아이 엠 쏘리!"

이 얘기는 육담이 아니지만 무지하게 사람을 웃긴다는 측면에서는 같다.

우리 시대의 이야기꾼이자 소설가인 김주영 씨나 민속학자들의 얘기대로 육담의 활성화를 주장한다면 지나친 것일까.

육담이 나타나게 되는 배경을 두고 '사회적 불평등이 성의 문제에까지 개입하면서 성적 차원의 비정상적인 분출로 이어진 것'이라고 진단하거나 '일단 음습한 성을 밝은 곳으로 드러내는 것은 중요하다'는 데는 모두 동의할 것이다. 대개 술좌석에서는 이미 그렇지 않은가.

민속학회에서도 총서를 준비하고 있는 것으로 알려져 있는데 김주영 씨도 죽기 전에 『고금소총』과 같은 우리 민족 고유의 육담집을 펴낼 것이라고 했나.

영화배우 뺨칠 정도로 잘생긴 외모와 사투리가 적당

히 섞인 구수한 입담뿐만 아니라 명작을 많이 남긴 그는 예순을 훌쩍 넘긴 나이에도 불구하고 언제나 정열적이고 낙관적이다.

그 혼자만 낙관적인 게 아니라 주변 모든 사람들이 그로 하여 낙관적이게 된다. 문우(文友)들은 그의 얼굴만 봐도 저절로 흥겨워지는 것이다. 그러기 위해 그는 남 모르는 노력을 한다.

어디서 채록하거나 술좌석에서 들은 육담은 집에 돌아와 반드시 반복해 본다. 스토리에 문제가 있으면 창작해 보태기도 하고 거울을 보고 연습도 한다. 그러한 노력 없이 주변 사람들을 즐겁게 할 수 없다는 것을 그는 이미 잘 알고 있다. 김주영 씨 같은 이들이 있어 세상은 잠시라도 환해지는 것이다.

육담의 등장인물은 대개 성적 인간일 뿐이며 성의 불평등을 내재하고 있는 것 또한 사실이다. 하지만 내용은 부도덕할지언정 그것 때문에 미치거나 흥분하는 사람도 없다. 말하는 사람도 웃기려 하고 듣는 사람도 웃으려 듣는 것이다. 저의나 악의가 없으며 그 때문에 듣는 사람도 피해가 없다.

금기시되는 성을 노골적으로 이야기함으로써 듣는 사람은 억압된 성으로부터 잠시나마 해방감과 쾌감을 느낀다. 김주영 씨 같은 이로 육담은 진화하고 발전한다.

건강한 육담이 사라지고 있다

그의 초기 작품 중 「위대한 악령」, 「과외수업」 등은 거친 성격의 상스런 말들을 예사로 쓰는, 가난하다 못해 절박한 인물들을 등장시킨다. 남사당, 야바위꾼 등의 인물들로 그의 소설은 우아하기보다 야성적이며, 도덕적이기보다는 비도덕적이다.

그는 비도덕적 행위를 들어 도덕적인 사회의 허위와 위선을 고발한다. 악하고 허황된 작중인물들을 통해 헛되고 황당한 현실을 비판하고 그들에 대한 애정을 쏟아붓는다.

『객주』, 『활빈도』, 『야정』 등에서처럼 경이적일 만큼

다양한 토속어와 서민언어를 발굴해 내는 김주영의 우리 말에 대한 남다른 노력과 관심에 박수를 보내지 않을 수 없다.

특히 그의 소설의 장점인 걸쭉한 입담과 거미줄처럼 얽히고 설키는 사건 전개, 민중들의 밝고 명랑한 모습을 그려 내면서도 상상을 초월하는 성희 묘사 등은 읽는 이로 하여금 거의 숨돌릴 틈을 주지 않는다.

문단의 대표적인 육담가인 소설가 김주영은 농촌공동체가 붕괴되고 정보화사회로 바뀌면서 저질 음담 패설은 늘고 서민들의 삶의 애환이 서린 육담은 점차 사라진다며 안타까워한다.

육담은 성희 묘사로 인한 에로티시즘의 건강성뿐 아니라 당대 민중의 건강성과도 결부돼 있다.

그러나 그는 요즘 육담의 채록이 쉽지 않다고 했다. 서민들의 애환이 서려 있는 각 지역의 선술집이 사라져 가고 있어 하룻밤의 술판으로도 여러 애기를 들을 수 있었던 지난날이 그립다고 했다. 농촌공동체의 붕괴와 정보화사회로의 진행은 질 낮은 음담패설을 많이 낳았지만 삶의 애환이 서려 있는 육담은 차츰 자취를 감추고 있다며 아쉬워했다.

그는 지난 1988년 느닷없이 절필선언을 해 문단에 파문을 일으킨 적이 있다. 독자를 더 이상 속일 수도 없고 글을 쓰게 하는 에너지가 완전히 소진됐음을 밝히며 절필을 선언했다. 그는 창작의 에너지는 저절로 생기는 게 아니라 서민과의 아이덴티티를 찾는 일이라고 생각했던 것이다.

고향 청송을 떠나 온 뒤 서울에서 부닥친 위선에 대한 강요에 찌들리다 보니 몸으로 나누는 언어가 고갈되면서 잊은 민중의 삶 속에 서려 있는 육담과 생존에 대한 처절한 싸움을 찾기 위한 몸부림의 하나로 선택한 것이 바로 절필이었던 것이다.

결국 6개월 뒤 "내가 글을 써서 살아가야 하고 글을 쓸 수밖에 없음을 확인하는 고통스런 날들이었다"며 집필활동을 재개, 그는 현재도 왕성한 창작욕을 불태우고 있다.

에로티시즘이 지나쳐 꼭 필요한 대목도 아닌 곳에 성행위 묘사가 장황하게 삽입된 점도 없지 않다는 지적도 있지만 그는 『토지』의 박경리, 『장길산』의 황석영, 『태백산맥』의 조정래 등과 어깨를 겨루며 한국문학사에서 빼놓을 수 없는 소설가로 자리 잡았다.

또한 재미와 문학적 의의를 함께 추구하고 있는 그의 작품들에는 '민중 생활사의 박물관'이라는 별칭이 붙게 되었다.

2
구전 육담 기행

여_몸자로 뵈옵니다

　민속학의 대상, 영역으로 정착한 육담은 그 학문적 가치에도 불구하고 그동안의 조사와 연구가 평가절하돼 온 게 사실이다.

　성을 노골적으로 표현한 육담은 서민대중에서, 풍자적인 육담은 상류계층에서 회자되는 등 신분, 계층에 관계없이 광범위한 분포를 보이고 있다.

　조상들의 해학과 풍자, 지혜가 집약된 육담은 오히려 은폐되고 왜곡된 성을 온전하게 일깨우고 건강한 삶을 유도해 왔다는 측면에서 새로운 학문적 접근이 필요하다고 하겠다.

충북 보은읍에서 남쪽으로 30리쯤 가면 5일장인 원암장이 선다. 옛부터 원암장에 가는 것을 두고 "좆 까고 원암장 가네"라고 한다. 이유인즉 이렇다.

이 장터에 떡전 거리가 있는데 그곳에서는 가난한 아낙네들이 떡을 팔았다. 너무도 가난해 속곳도 못 입은 한 아낙네가 쑥떡을 파는데, 양무릎 사이로 바람이 불어 그만 음부가 보이게 되었다.

길을 가던 싱거운 사내 하나가 그것을 보고는 "쑥 넣었으면 좋겠네"라고 했다. 그러자 그 아낙은 떡 속에 쑥을 넣었느냐고 묻는 줄 알고 "쑥 넣었시유" 했다. 그 사내는 다시 "아니, 쑤욱 넣었으면 좋겠네" 하고 농을 걸었다.

이러한 대화가 퍼져 나가 원암장에 갈 때 양물(陽物)을 발기시키고 가면 떡(?)도 거저 먹고 장도 볼 수 있다 하여 "좆 까고 원암장 가네"라는 말이 생겼다고 한다.

위의 애기는 우리의 고전속담류 육담의 한 전형이다. 지역이 다르다고 큰 차이가 있는 것은 아니지만 빈한하게 살던 옛 충청도 시골 사람들의 생활을 익살과 해학으로 풍자하고 있음을 알 수 있다.

충청도 육담 중 성기를 묘사한 것들도 눈에 많이 띄는데 예를 하나 들어 보자.

보은에 삽작고개가 있다. 문경에서 시집온 새색시가 친정 어머니 부음을 받고 삽작고개를 넘어 친정에 가야 하는데 이 고개엔 사람을 잡아먹는 호랑이가 살고 있어 여럿이 모여서 넘어야 했다. 그러나 새색시는 다급한 나머지 혼자 넘기로 결심했다.

머리를 풀어 내린 새색시는 호랑이가 나온다는 산마루턱 가까이에서 기발한 꾀를 냈다. 옷을 홀라당 벗어 허리 끝에 매어 등에 붙이고 알몸이 된 채 엎드려 거꾸로 기면서 산마루를 오르기 시작했던 것이다.

집채만 한 호랑이가 보니 참 희한했다. 한 마리 짐승이 기어올라 오는데 네 발도 달리고 꽁지도 있으나 어

찌 된 일인지 가로로 째져야 할 입이 세로로 째져 있고
그 주변에는 수염이 시커멓게 나 있었다.

뒤를 보니 꽁지는 새카만데 눈이 달려 있고, 똥구멍
은 세로가 아닌 가로로 째져 있었다. 호랑이가 '자기를
잡아먹는 짐승이 딱 한 마리 있다더니 바로 이것이로구
나!' 하고 도망치는 바람에 새색시는 무사히 고개를 넘
었다고 한다.

여성의 성기를 이용해 호환을 퇴치하는 장면이 재치
있게 묘사된 이 얘기는 상당히 직설적이다. 이러한 양상
은 고대소설 『변강쇠전』이나 『가루지기타령』과도 흡사
하다.

남성 성기 묘사는 상징적

한편 남자 성기에 대한 묘사를 다룬 육담도 있는데 요
약하면 이렇다.

노인 부부가 살았는데 할머니는 베를 짜고 할아버지는 장에 나가 그 베를 팔아 생계를 유지했다. 그러나 할아버지는 번번이 베를 판 돈으로 술을 사 마셨다.

어느 날 할머니에게 야단맞을 것을 고민하던 할아버지는 급기야 한 가지 잔꾀를 낸다. 성기를 뒤로 젖혀 전대로 꼭 옭아매 성기가 없는 것처럼 하고 귀가했다.

술 취한 할아버지를 요 위에 눕히려다 사타구니를 만지던 할머니는 깜짝 놀라 그 연유를 물었다. 그러자 할아버지는 "술을 먹다가 돈이 모자라 성기를 술집에 잡혀 놓고 왔다"고 대답한다.

할머니는 밤새 베를 짠 뒤 아침이 되자마자 당장 성기를 찾아오라고 한다. 할아버지는 옳다구나 하고 베를 팔아 술을 사 마시고는 전대를 풀고 집으로 돌아온다.

할머니는 할아버지를 눕혀 놓고 옷을 벗긴 뒤 "이렇게 좋은 것을 잡히다니!" 하며 성기를 만진다. 그러자 할아버지의 성기가 그만 눈물을 흘린다(사정한다).

힐머니가 이것을 보고는 "하룻밤 좀 못 봤다고 이렇게 반가워하면서 눈물을 흘리고, 꺼덕꺼덕 인사까지 하네" 하더라는 것이다.

이처럼 여성의 성기 묘사와는 달리 남성의 성기 묘사는 직접적이기보다 상징적으로 표현하고 있다. 또한 남녀 성기의 묘사는 성기 어휘에 대한 유희로도 나타난다.

시아버지의 환갑 잔칫날 며느리들이 인사를 올리는데, 큰며느리가 갓을 쓰고는 "안(安) 자로 뵈옵니다" 하고, 둘째가 애기를 옆에 안고 와서는 "호(好) 자로 뵈옵니다" 하고 인사한다.

그러자 마땅한 글자를 생각 못 한 막내 며느리가 얼떨결에 치마를 걷어 올리고 속곳을 벗어 내린 뒤 돌아서 궁둥이를 시아버지 앞에 대고는 "여(呂) 자로 뵈옵니다" 한다. 항문과 음부의 두 구멍이 맞닿으니 '呂' 자가 된 것이다.

민간설화에 한자 투의 유희가 보이는 것은 양반들에게서 비롯된 것이었음을 엿보게 한다. 이와 비슷한 설화로 시아버지 회갑 때 헌수를 올리는데 큰며느리가 '천황씨(天皇氏)', 둘째가 '지황씨(地皇氏)'가 되라고 축수하자 셋째는 '양물(陽物)'이 되라고 축수한다는 얘기가 있다. 양물은 비록 죽을지라도 다시 곧추서기 때문에 영원히 죽지 않는다는 의미로 말한 것이다.

성기 묘사 육담은 성을 터부시하는 시대의 부산물로서 여성보다는 남성의 존재를 더 뚜렷이 하고 있다는 점에서 남성우월주의 사상이 스며들어 있다.

진퇴진퇴진퇴…

성에 대한 무지담으로는 남녀 합궁에 대한 무지, 성기에 대한 무지 등 두 가지 양상을 띤다. 남녀 합궁에 대한 무지는 신혼 첫날밤에 발생할 수 있는 성교에 대한 무지를 자연스럽게 일깨워 주는 기능을 담당하기도 한다.

남녀 간의 자유로운 연애는 물론 접촉마저 용납되지 않던 시대에 혼인을 한다 해도 남자는 사랑방에서, 여

자는 안방에서 초혼하기 전날 부모로부터 배운 것이 성
지식의 전부였으므로, 재치 있는 육담을 통해 자연스럽
게 합궁의 절차를 일깨워 주었던 것이다.

옛날에 한 아이가 있었는데 모든 일을 서당에서 배운
대로만 행했다. 남녀칠세부동석을 배운 뒤부터는 여자
애들과 어울리지도 않았으며, 자라서 장가를 간 첫날밤
에도 벽만 쳐다보고 신부는 거들떠보지도 않았다.

날이 새자 신부는 참지 못하고 친정 어머니에게 달려
가 병신에게 시집 보냈다고 울면서 보챈다. 이 광경을
본 오라비가 남녀칠세부동석이란 말 때문인 것을 눈치
채고 한 가지 꾀를 낸다.

아침을 먹은 후 신부 오라비가 신랑신부를 안방에 불
러 놓고 다시 행례(行禮)를 하겠다며 윗목에 정화수를
떠 놓고 아랫목에 이부자리를 폈다. 신부 오라비는 신랑
신부를 방에 남겨 두고 밖으로 나와 홀기(笏記, 의식의 순
서를 적은 글)를 읽을 테니 그대로 하라고 한다.

"먼저 옷을 벗고 신부는 요 위에 눕고, 신랑은 신부 양
다리 사이에 가서 꿇어앉을 것. 그리고 신랑은 신부 배

위에 엎드려라."

그러자 신랑은 홀기에 따라 그대로 행한다. 그러자 다시 신부 오라비가 홀기를 읽었다.

"나아갈 진(進) 자를 부를 테니 나아가고, 물러날 퇴(退) 자를 부르면 물러나라." 그리고는 "진, 퇴, 진, 퇴, 진, 퇴, ……" 하고 천천히 부른다.

한참을 그러는데 너무 느려 성미에 안 찼던지 다급해진 신부가 직접 "진퇴진퇴진퇴……" 하고 홀기를 빠르게 부르더라는 것이다.

이처럼 단순한 합궁의 차원을 벗어나 성교의 흥미까지 다루고 있는 육담이 있는가 하면 이와는 달리 성의 무지로 살인마저 저지르는 이야기도 있다.

아직은 어린 바보신랑이 첫날밤 신부를 홀랑 벗기라는 말을 듣고는 옷이 아니라 살갗을 벗기는 바람에 신부를 죽이고 말았다는 것이다. 그 사건 이후 신랑신부의 첫날밤을 엿보기 위해 창호지에 구멍을 뚫고 엿보는 풍습이 생겼다고 한다.

이 얘기는 성의 무지를 고발하는 것뿐 아니라 조혼 풍습을 신랄하게 풍자하고 있다는 점에서 당시 조혼에 대한 거부반응을 읽을 수 있다.

남의 아내를 겁탈하고도 재치 있는 말과 행동으로 위기를 모면하는 얘기는 "호랑이에게 물려 가도 정신만 차리면 산다"는 속담이나 "눈치가 빨라야 절에 가서도 젓국을 먹을 수 있다"는 속담의 양 측면을 다 수용하는 설화로 민담에서만 볼 수 있는 전형적인 특징을 보여준다. 다른 사람의 부인이나 처녀를 희롱하다가 봉변당하는 사례를 문헌설화에서는 얼마든지 볼 수 있기 때문이다.

이러한 육담들은 여자에게는 정절을 요구하면서도 남성, 특히 양반계층의 남성이 기녀, 하녀, 평민의 아내 등과 통정하는 것은 조금도 사회적으로 문제가 되지 않는 사회의식의 단면을 담고 있기도 하다.

남편이 옆에 누워 있는데도 대담하게 남의 아내와 정사를 치르는 얘기는 이러한 단면을 더욱 뚜렷이 보여준다.

하지만 근친상간만은 용납하지 않고 있음을 알 수 있다. 충청도뿐만 아니라 전국에 퍼져 있는 '달래강 전설', '달래나 보지' 등의 설화는 이를 단적으로 보여 주는 예이다. 절체절명의 순간에는 하늘의 인정하에 남녀가 합궁하는 예를 홍수설화 등에서 볼 수 있다

이처럼 민간설화 중 육담에서의 성은 절대로 윤리적·도덕적이지는 않지만 그렇다고 난잡하지도 않으며, 적당히 절제되고 긍정되는 가운데 포용돼 왔다.

한편 부모의 정사 장면을 엿보는 데서 생기는 문제가 재치 있게 표현된 얘기들도 있다. 그중의 한 예를 들어 보자.

한 머슴이 겨우 장가를 들어 단칸방에 사는데 자식을 다섯 명이나 낳았다. 아직은 어리지만 한방에 자면서 재미를 보려니 아이들이 여간 성가신 게 아니었다. 한 놈 재우고 하려고 하면 또 한 놈이 깨어나고 해서 어떻게 할 도리가 없었다.

급기야 머슴 부부는 보름달이 뜨는 여름밤 대추나무

육담은 여자들에게는 정절을 요구하면서도 남성, 특히 양반 남성이 기녀, 하녀 등과 통정하는 것은 문제시하지 않는 위선적인 사회의식을 고발하기도 한다. 그림은 신윤복의「소년전홍少年剪紅」.

밑에서 일을 벌이기로 하였다. 마실에 나갔다가 밤늦게 돌아와 남편이 바깥에서 "꼬끼오" 하고 신호를 보내면 아내가 "꼬꼬꼬" 하면서 나오기로 했다.

마침내 남편이 밤 이슥해서 돌아와 "꼬끼오!" 하자 아내가 살그머니 방문을 열고 "꼬꼬꼬!" 하고 나왔다. 대추나무 아래 아내가 미리 깔아 둔 밀짚 위에서 한참 재미를 보려는데 방문이 열리더니 아이들이 "삐악삐악!" 하면서 줄을 서서 대추나무 아래로 오더라는 것이다.

여기에는 어른들의 성행위를 보는 아이들의 궁금증과 그에 대한 해학이 잘 드러나 있다. 동시에 가난한 시절 한방에서 여러 명이 함께 자야 했던 서민들의 비애가 눈물이 아닌 해학으로 녹아 있다.

성(性) 앞에 통하지 않는 허세

이 밖에 여색을 탐하다가 벌어지는 호색 치정담도 눈

길을 끈다. 지나치게 여색을 탐함으로써 빚어지는 이야기와 처음에는 관심을 기울이지 않다가 나중에 지나치게 탐함으로써 빚어지는 이야기가 있다.

꾀를 내면 여러 여자와도 관계를 가질 수 있다는 등 여성의 심리를 묘하게 그려 내고 있기도 하다.

어사 박문수가 날이 저물고 비가 와 오두막집에 하룻밤 묵게 됐다. 그런데 그 집에는 시누이와 올케 두 여자만 살고 있었다. 방이 하나여서 처음엔 부엌에서 재워 주는 것만도 고마웠으나 춥기도 해서 차츰 생각이 달라졌다.

어사 박문수는 꾀를 내 자꾸 기침을 해댔다. 그러자 시누이가 "방에 들어오게 해서 저 윗목에서라도 재우도록 하자"고 해 올케가 들어오라고 한다.

박문수는 흙이 잔뜩 묻은 짚신을 가지고 들어와 코에 대고 누우면서 "이것을 빼면 잠꼬대가 심해서 다들 잠을 못 잘 것"이라며 금방 자는 체한다.

그러자 궁금해진 시누이가 올케보고 한번 짚신을 떼

어 보라고 한다. 올케가 짚신을 빼자 그는 "에, 참. 저년 좀 데리고 잤으면 좋겠다. 아이구, 데리고 잤으면 좋겠다" 하고 반복해 잠꼬대를 하며 두 여자의 마음을 떠본다. 그러자 올케도 그 말을 받아 자는 척하며 "아이구, 데리고 자고 싶으면 데리고 자지"라고 한다.

드디어 어사 박문수가 올케와 관계를 하자 참지 못한 시누이가 "참, 기왕 할 거면 새것하고 하지 헌 년하고 해? 원 제기랄, 나 같으면 새것하고 하겠네" 하더란다.

결국 어사 박문수는 여자의 시기심을 이용해 두 여자와 모두 관계를 가졌다는 것이다.

『배비장전』, 『오유란전』 등의 고전소설과 문헌설화에 나오는 '여색을 멀리하는 선비 이야기' 등도 다 이 같은 호색 치정담에 속한다.

성 앞에서는 허세가 통하지 않으며, 겉으로는 체면을 존중하면서도 속으로는 음란한 생각을 품고 있는 양반에 대한 신랄한 풍자가 주를 이루고 있다

또 성 기지담으로 '낮거리하다 들킨 여자' 등에서처럼

재치를 발휘해 위기를 모면하는 얘기들도 있고, 성 매개 출세담으로서 성을 통한 입신출세의 얘기들도 있다.

성이 인간의 가장 원초적인 삶의 방식이라고 할 때 이러한 유형의 이야기는 상류사회에서부터 하층민에 이르기까지 광범위한 분포를 보이고 있다는 것도 하나의 특징이다.

충청도 지역 육담의 특성 중 하나는 먼저 육담의 분포가 다른 지역에 비해 비교적 적다는 점이다. 이는 전통적으로 유가적(儒家的) 가치 기준에 충실하고자 했던 지역 풍토가 반영된 소치며, 더욱이 충청도는 양반 지역이라는 인식 아래 이야기의 전승자나 향유자들이 육담을 꺼리는 경향이 있었던 것으로 보인다.

또 충청도 지역 육담은 비교적 점잖고 완곡한 편이다. 이는 성기를 '그것'이나 '거시기', '연장', '양물' 등으로 지칭하며 성행위를 '그짓 한다', '재미 본다', '방아를 찧는다' 등으로 표현하고 있는 것만 봐도 잘 알 수 있다.

대개 남성주도형이며 여성이 능동적으로 나타나는 설화가 드물다는 것도 충청도 지역 육담의 특성이라 할

충청도는 양반 지역이라는 인식 때문인지 이 지역 육담은 비교적 점잖고 완곡한 편이다. 그림은 은유적인 암시만 있을 뿐 전혀 난잡스럽지 않은 조선시대 춘화다.

수 있다.

육담의 주인공으로 왕이나 왕비가 등장하지 않는 것으로 보아 절대군주에 대한 금기가 서려 있음을 알 수 있고, 기녀는 좀체 등장하지 않는 데 비해 승려가 자주 등장하는 것으로 보아 배불정책의 영향도 엿볼 수 있다.

충청도 지역과 연고가 있는 역사적 인물이 육담에 등장하는 것도 주시해 볼 만하다. 빈번히 등장하는 인물로는 앞서 인용한 얘기처럼 암행어사 박문수가 있다.

토정 이지함, 율곡 이이 등도 있지만 이들이 육담의 실질적 주인공으로 등장하거나 희화적으로 묘사되는 경우는 드물고, 다만 이들의 주변 인물과 관계된 육담에 등장하는 게 대부분이다.

율곡 같은 경우는 성에 초탈했던 인물로 그려져 '낮퇴계 밤토끼'로 불리는 이황과는 구별되는 것도 하나의 특징이라 할 수 있다.

○ 이 글은 민속학회에 보고된 전 김동기(金東箕) 건양대 교수의 논문 「충청도 지역 육담의 특성」을 뼈대로 해 보충·재구성한 것이다.

대장부 살송곳이
녹슬었나 찔러 보자

태백산 아래 어느 마을에 장님 남편과 벙어리 아내가 살았다. 금실이 좋은 이 부부가 어느 날 열심히 '낮거리'를 하는데 바깥에서 "불이야!" 하는 소리가 들려왔다.

후다닥 일어난 장님 남편이 "어디서 불이 났지?" 하고 궁금해하자 벙어리 아내는 재빨리 옷을 입고 바깥에 나가 알아보고 왔다. 말 못 하는 아내는 남편의 손을 끌어다 자기 시타구니에 갖다 댔다. 그러자 남편은 고개를 끄덕이며 말했다.

"응, 진골에 불이 났군. 그런데 뉘 집에서 불이 났지?"

말이 끝나자마자 아내는 기다렸다는 듯이 입을 맞추었다.

"응, 입 구(口)가 두 개니 여(呂) 서방네 집이군. 그런데 얼마나 탔지?" 하자 아내는 갑자기 남편의 바지를 내리고는 양물을 움켜 쥐었다. 그러자 장님 남편은 "허허, 다 타고 기둥만 남았구만" 하면서 못 다한 낮거리를 다시 시작했다.

이와 같이 성을 소재로 한 육담은 공석이 아닌 사석에서 비교적 자유롭게 얘기되는데 특히 격식을 차릴 필요가 없고 부담이 없는 사람들끼리 모이면 자연스럽게 나와 한바탕 웃음을 자아내게 한다.

우리의 성문화는 서구처럼 개방되거나 드러내 놓기보다는 감춰지고 폐쇄돼 왔기 때문에 성이 숨겨질 수밖에 없었다. 이러한 풍토에서 자연스럽게 생겨난 육담은 숨겨진 성에 대한 욕구를 대리만족 시키는 순기능의 역할도 해 왔다.

동물은 종족보존을 위한 수단으로 교미를 하므로 발

정기가 끝나면 결코 교미를 하지 않는다. 그러나 인간은 다르다. 인간의 성행위에는 여러 가지 요인이 있는데 예를 들면 이렇다.

두 사람의 애정을 확인하기 위한 것, 순간적인 성욕을 제어하지 못해 강제로 욕정을 분출하는 것, 성적 쾌락을 유희처럼 즐기는 것, 자식이 없는 사람이 다른 데서 자식을 얻기 위해 씨받이·씨내리를 하는 것, 생존의 수단으로 성을 파는 것 등이다.

그런데 근간에는 하나 더 늘었다고 한다. 다름이 아니라 단지 따분해서 성을 즐기는 가정주부들이 생겨나 성이 '심심풀이 땅콩'이 돼 버렸다는 것이다.

강원도 육담은 남녀의 성기를 풍자한 것과 성행위를 노골적으로 묘사한 것이 있는데 그 종류를 보면 지명형 육담과 설화형 육담이 있다.

지명형 육담은 지역이나 지형을 나타내는 지명을 남녀의 성기로 비유한 것인데 일정한 이야기의 형식을 갖추고 있지는 않다.

먼저 강원도 지명형 육담의 예를 살펴보자.

강릉시 유천동 죽일마을에 소문혈과 역두바위가 있는데 소문혈은 여근처럼 생겼고, 역두바위는 남근처럼 생겼다. 기이하게도 소문혈과 역두바위는 서로 마주 바라보고 있다.

　가만히 두어도 일이 날 만한 기이한 자연형상인데 사람들이 자꾸 건드리니 문제가 생긴다. 꼬챙이로 소문혈을 쑤신다거나 역두바위를 쓰다듬고 흔들면 이상하게도 동네 처녀총각들이 한데 어울려 바람이 난다는 것이었다.

　결혼 전 남녀의 교제를 용인하지 않았던 풍토에서 이러한 행위는 풍기를 문란시키는 부도덕하고 음란한 짓이라 생각했다. 그래서 어른들은 소문혈이나 역두바위 쪽으로 아무도 가지 못하게 했다.

　또 평창군 방림면 하방림리의 두루봉 아래에는 처녀굴이 있다. 벌거벗은 여인이 누워 있는 형상의 두루봉 밑에 지름 1미터가량 뚫려 있는 석굴을 처녀굴이라고 부르는 것이다.

　처녀굴 안에는 조그마한 옹달샘이 있는데 사시사철

물이 마르지 않고 고여 있다. 그런데 사람들이 샘물을 휘저으면 동네 여자들이 정조를 우습게 안다고 하여 짓궂은 마을 총각들이 이곳에 와서 샘물을 자주 휘저어 온 동네 여자들이 바람났다고 한다.

그리고 속초시 설악산 계조암 밑에는 수음바위가 있는데 바위의 생김새가 여자가 앉아서 방뇨하는 모습이다. 이 바위틈에서 흘러나오는 물을 사람들이 마시면 힘이 세지고 장수한다고 한다. 그래서인지 계조암에는 힘이 세고 장수한 스님이 많다고 한다.

그러나 날이 가물어 바위틈에서 물이 잘 나오지 않을 때 수음바위 건너편에 있는 흔들바위를 수음바위 쪽으로 밀면 물이 잘 나왔다고 한다. 옛날에는 이 흔들바위가 두 개여서 남자의 낭심과 같았지만 하나가 떨어져 없어지고 하나만 남아 있다고 한다.

이러한 지명형 육담에는 자연물을 심오한 인체에 비유해 자연과 인간을 동일시하는 우리 선인들의 자연존중사상이 담겨 있다.

호색한 선비의 "당동 당부동, 당부동 당동"

설화형 육담은 육담이 설화의 형식을 갖춘 것으로 이야기의 전개가 대립과 갈등, 반전의 구조를 갖추어 지명형 육담보다 더 재미있다.

직설적 표현의 육담은 성기나 성행위를 여과과정 없이 노골적으로 표현했고, 은유적 표현의 육담은 성행위를 풍자적·비유적인 방법으로 표현했다.

한 선비가 과거시험을 보러 가다 목로에서 하룻밤을 묵게 되었다. 한참 자는데 문이 열리더니 한 여인이 들어와 "쫓기는 몸이니 피신시켜 달라"고 애원하며 옆에 누워 버리는 것이었다.

이 여자는 정승의 딸인데 시집을 갔다가 남편이 죽는 바람에 친정에 와 있던 중 보다 못한 아버지가 이 선비를 보고는 방 안에 딸을 들여보낸 것이다.

호색한인 선비는 웬 떡이냐 싶었다. 그러나 여로에 지쳐 너무나 피곤한 선비는 여인이 옆에 와 누워도 차마

정을 통할 힘조차 없었다. 결국 선비는 드렁드렁 코를 골며 아무 일 없이 잠만 자고 말았다.

아침 일찍 길을 나선 선비는 한참 가다가 소피를 보려고 물건을 꺼냈다. 그런데 그때서야 그만 빳빳하게 서는 것이 아닌가?

그러자 선비는 "당동 당부동(當動當不動)이요, 당부동 당동(當不動當動)이라" 하며 자기 물건을 손으로 척척 갈겼다. 물건이 서야 할 때 서야 써먹지, 서지 않아야 할 때 서면 무슨 소용이 있는가. 오호 통재라, 저절로 굴러 들어온 떡을 먹지 못했으니 애석한 일이 아니겠는가.

혀가 짧은 직원이 윗사람한테 실수한 얘기도 있다.

강원도 정선에 '조재'라는 높은 재가 있는데 새를 닮았다고 해서 붙인 이름이다. 정선은 온통 험한 산으로 둘러싸인 지역이어서 봄이 되면 산불 때문에 골머리를 앓는다.

늦은 봄철, 산불 방지 일 때문에 지친 사또가 집에서

쉬고 있는데 조재에서 산불이 번져 직원이 헐레벌떡 뛰어와 보고를 했다.

"사또, 조재 불났습니다!"

깜빡 졸다가 일어난 사또는 '조재'란 말을 순간적으로 '좆에'란 말로 알아듣고 얼른 자기 허리춤을 내려다보았으나 아무 이상이 없자 "예끼, 이 사람. 난 괜찮네" 했다.

직원은 다시 또 "조재 큰불이 났습니다" 하고 다급하게 보고했다. 그러자 사또는 "내 것은 괜찮네. 혹시 자네 좆에 불난 거 아니야?" 하며 역정을 냈다. 그제야 혀 짧은 직원의 얼굴이 새빨개졌다고 한다.

"우리 집 송이는 먹고 나니
시들시들해지던데…"

은유적으로 표현한 육담으로는 송이버섯을 소재로 한 육담이 있다.

소나무가 많은 강원도엔 송이가 많이 나는데 농가에

서는 산송이를 따 수익을 많이 올린다. 향이 좋고 연한 송이는 생김새 때문에 종종 남근에 비유된다.

이웃의 두 사내가 송이 먹은 얘기를 한참 하다가 "맛이 어떻던가" 하고 묻자 "국솥에 넣어 끓여 먹으니 향기가 좋던데" 하고 대답한다. 그 얘기를 엿듣던 이웃의 촉새 부인이 톡 튀어나와서는 한마디 거들었다.

"우리 집 송이는 먹고 나니 시들시들해지던데……."

또 다른 송이 얘기 한 토막.

"송이는 언제 따야 좋은가?" "아무렴 새벽에 따야 좋지." 그때 옆에서 가만히 듣고 있던 사내가 곤혹스러운 듯 한마디 던졌다.

"그런가? 내 마누라는 송이를 꼭 초저녁에만 딴다네."

이 육담들은 남편의 성기능과 부인의 성행위 시간을 은연중에 실토해 이웃 사람에게 부부간의 천기를 누설하고 있다.

한편 강원도에 전래된 민담형 육담도 많은데 그 예를 들어 보자.

옛날, 남편이 부인을 끌고 사또한테 와서 "제 마누라 인데 외간 남자와 서방질을 해대니 같이 못 살겠습니다" 하며 분을 참지 못했다.

사또는 그 말을 듣고는 "왜 남편을 두고 외간 남자와 서방질을 하느냐?"고 다그쳤다. 그러자 그녀는 태연하게 "저한테 달린 것 좀 빌려달라고 해서 잠깐 빌려줬는데 무슨 상관인지요" 하고 변명을 했다.

사또는 즉석에서 판결을 내리지 못하고 궁리하다가 우연히 옆에서 쥐가 담벼락 사이로 들락거리는 것을 보게 되었다.

사또는 '옳거니' 하며 무릎을 치고는 그곳을 가리키며 남편에게 "이게 무슨 구멍이냐" 하고 물었다. "쥐구멍입니다." 다시 부인에게 물으니 "쥐구멍입니다"라고 대답했다.

"틀림없이 쥐구멍이지" 하며 확답을 받은 사또는 여자를 보고 "저 구멍이 네 말대로 하면 담벼락에 붙었으니 담구멍이라 해야지 왜 쥐구멍이라 하느냐"고 물었다. "쥐가 들락날락하니 쥐구멍입니다" 하고 부인이 대답했다.

그러자 사또가 말하기를 "그래 맞다. 아무리 너한테 붙었다 하더라도 네 것이 아니고, 맨 처음 너한테 들락 날락한 사람 것이니 네 맘대로 하면 안 된다"며 꾸짖었고 부인은 아무 말도 못 했다.

여자가 결혼을 하면 한 남자를 섬기며 일부종사하던 시대에 남편의 기득권을 인정한 명판결(?)이지만 자기 것을 가지고 자기 마음대로 쓰지 못하는 불합리한 판결인지도 모르겠다.

송강 정철이 평양에 가서 술자리를 벌였는데 평양감사 술자리라 평양에 있는 일류 기생들이 다 모였다. 정철이 옆에 앉은 예쁘장한 기생에게 물었다.

"네 이름이 뭐냐?"

"난옥이올시다."

"청옥이냐, 백옥이냐. 난옥이 분명구나. 대장부 살송곳이 녹슬었나 찔러 보자."

그러자 기생도 맞장구를 쳤다.

"강철이냐, 백철이냐. 정철이 분명쿠나. 소녀의 골무로 힘껏 녹여 보겠나이다."

그날 밤 살송곳과 골무가 어떻게 어울렸는지는 상상하기에 어렵지 않을 것이다.

한 과부가 빨래터에 걸터앉아 빨래를 하는데 밑이 따끔해 보니 가재가 사타구니 속으로 들어가 그만 '그것'을 찝어 버렸다.

깜짝 놀란 과부가 가재를 잡아떼니 가재는 찝고 있던 살점을 꽉 쥔 채 떨어졌다. 사타구니에서 피가 흐르고 아파 깡총깡총 뛰던 과부가 기어가는 가재를 보니 아까운 살점을 쥐고 기어가는 것이 아닌가?

화가 난 과부가 가재를 잡아 입으로 깨무니, 이번에는 가재란 놈이 입술 살점을 뚝 떼어 버렸다. 과부는 빨래고 뭐고 다 집어치우고 두 살점을 쥐고 의원에게 달려가서 애원했다.

"제발 좀 붙여 주세요."

"이게 뭐요?"

"윗입, 아랫입의 살점이오."

워낙 유명한 의원이다 보니 살점을 잘 붙여 아물게 됐다. 그런데 다 아물고 난 뒤에 문제가 생겼다. 짓궂은 의원이 아랫도리 살점은 입술에 붙이고 입술 살점은 아랫도리에 붙여 버린 것이다.

그래서 그 과부에게 맛있는 음식 얘기를 하면 아래쪽이 실룩실룩거리고, 양물 얘기만 하면 입술이 벌름벌름했다고 한다.

처녀에게 가죽침 놓은 소금 장수

아직 성을 잘 모르는 처녀를 희롱하는 얘기도 꽤 많다. 그중 소금 장수 얘기 한 토막.

어느 동네 앞 고갯마루에 소금 장수가 올라섰을 때 어떤 부부와 마주쳤다. 부인이 먼저 소금 장수에게 말을 붙였다.

"여보, 소금 장수, 저 마을로 소금 팔러 가오?"

"예, 그런데요."

"그러면 우리 집에는 가지 마오. 집에 딸 하나만 남겨 두고 일가 잔칫집에 가서 내일이나 돌아오니 소금 살 사람도 없소."

"그러지요. 그런데 아줌씨 댁이 어딘지 알아야 안 가지요."

어리숙한 부인은 소금 장수를 끌고 가 "저기 저 지붕 위에 고추 널어놓은 집이 우리 집이니 가지 마오" 하는 것이었다.

속으로 오호 쾌재라 하고 속웃음을 지은 소금 장수는 "예, 그러지요. 염려 말고 다녀오시오" 하고 깍듯이 인사를 했다.

곧바로 처녀 혼자 있는 집으로 달려간 소금 장수는 삽짝문에서 "아가야" 하고 호기 있게 처녀를 불렀다. 커다랗게 말만 한 처녀가 나와 "우리 집에는 아무도 없소" 하고 숨어 버리자 소금 장수는 다시 근엄한 목소리로 말했다.

"이리 나오너라. 나는 네 외삼촌이다. 어려서 보고 인제 보니 몰라보겠구나. 여기 오다가 네 애비 에미를 만났는데 일가 잔칫집에 간다며 오늘밤엔 못 돌아오니 잘 봐 주라고 하더라."

그제야 안심한 처녀는 나와서 절을 올리고 방에 모신 뒤 씨암탉까지 잡아 대접했다.

해는 지고 슬슬 흑심이 동한 소금 장수는 처녀를 한참 들여다보더니 "아가, 너 속병이 있어서 고생하는구나" 하고 넌지시 수작을 걸기 시작했다.

"아니오. 전 아무 병도 없는데요."

"그래? 너는 몰라도 내 눈은 못 속인다. 너 해를 보면 눈이 시큼시큼하지?"

"예."

"속병이 있어서 그렇다. 밥을 먹으면 배가 불룩하지?"

"예."

"거 봐라. 무거운 것을 늘면 팔이 나른하고 아프지? 그리고 높은 데 올라가거나 달음질치면 가슴이 벌떡벌

떡하고 숨이 가쁘지?"

"예. 정말 그런데요."

"그게 다 속병 때문이다. 얼른 고쳐야지 그냥 두면 큰일 난다."

겁을 먹은 처녀는 눈을 둥그렇게 치뜨고 "어떻게 고치나요?" 하고 묻는다.

"속에 든 고름을 빼야 한다."

"속에 든 고름을 어떻게 빼나요?"

"그건 어렵지 않다. 가죽침 맞으면 쉽게 빼낼 수 있다."

"그럼 얼른 가죽침을 놓아 고름을 빼 주세요."

드디어 소금 장수는 처녀를 눕히고 치마를 걷어 올린 뒤 속곳을 내렸다.

"조금 아프더라도 후련해질 때까지 참아라. 그래야 병이 낫는다."

결국 육허기를 채운 소금 장수는 푹 잠을 자고 아침상까지 푸짐하게 받았다. 장난기가 발동한 소금 장수는 한 번 더 가죽침을 놓고 삽짝을 나서며 처녀에게 한마디 당부를 했다.

"가죽침을 놓아 흰 고름을 빼내 그것을 종지에다가 잘 받아 두었으니 어머니 아버지가 돌아오면 꼭 보이거라."

한편 타지방에서도 자주 채록되는 얘기지만 부부의 운우지정을 엿보는 아이들의 재치도 눈길을 끈다.

가난한 선비 부부가 비는 부슬부슬 오고 아들도 밖에 나가고 없는 데다 딱히 할 짓도 없자 낮거리를 하기 시작했다.

그때 마침 아들이 대문을 들어서며 큰소리로 "손님 왔어요" 하고 외쳤다. 그러자 다급한 아버지가 "지금은 편지 쓰고 있으니 다 쓰고 곧 나간다고 일러라" 하고 소리를 질렀다.

낮거리를 다 마치고 바깥에 나와 시치미를 뚝 떼고 손님과 얘기를 나누는데 마침 마당 한구석에서 개들이 홀레를 붙고 있었다. 그것을 본 아들이 큰소리로 "어, 개도 편지를 쓰네" 하는 것이었다.

"어어, 개도 편지를 쓰네." 속언에 남녀 간의 성행위를 두고 편지 쓴다고
하기도 한다. 그림은 신윤복의 「이부탐춘嫠婦耽春」.

속언에 남녀 간의 성행위를 두고 '편지 쓴다'고 하는
데 바로 이 얘기가 그 출전이다.

　강원도는 험준한 태백산맥이 남북으로 길게 이어져
내려 영동과 영서로 구분된다. 두 지역은 옛부터 교류가
뜸해 서로 다른 생활권을 형성했고, 그러다 보니 언어·
생활 습관이 달라지게 됐다.

　행정권역이 강원도라는 사실 외에는 동질성을 찾기가
어렵지만 육담에 있어서만큼은 별다른 차이 없이 비슷
하다. 이는 지역을 뛰어넘는 육담의 특성을 잘 보여 주
는 예이다.

　전국 곳곳에서 채록되는 육담도 지명이나 구성상의
차이는 있지만 유사한 점이 많이 발견된다.

김기설(강릉민속문화연구소 소장)

배 위에서 배를 타면
얼마나 좋을꼬

북한강에 처녀 뱃사공이 있었다. 어느 날 선비 하나가 이 처녀의 나룻배를 타고 가다가 슬쩍 음심을 내비쳤다.

"어허, 좋구나. 처녀 뱃사공의 배 위에 올라타니 그참 기분이 좋구나. 배 위에서 배를 타면 더없이 좋을 텐데……."

처녀 뱃사공이 그 말을 듣고 있자니 괘씸하기 그지없었다. 아무 대꾸도 없이 노만 저으며 강을 건너가는데 선비가 입맛을 쩍쩍 다시며 다시 한 번 "어허, 좋구나.

처녀 뱃사공의 배 위에 올라타니 그참 좋구나. 배 위에서 배를 타면 얼마나 좋을꼬" 하는 것이었다.

마침내 배가 뭍에 당도해 선비가 내리자 아무 말도 하지 않던 처녀가 한마디 했다.

"어허, 좋구나. 뱃속에서 그렇게 속썩이더니 뱃속에서 그놈이 나가니 참 좋구나."

이 육담은 처녀 뱃사공의 재치 있는 화답으로 양반인 선비를 졸지에 갓난아기로 추락시키며 망신살을 안겨준다.

이처럼 양반을 야유하는 육담이 많이 전해 오는 이유는 너무나 자명하다. 신분제도의 불합리성을 지닌 봉건제와 양반의 허위의식에 대한 신랄한 풍자마저 없었다면 서민들의 삶은 훨씬 더 힘겨웠을 것이기 때문이다.

경기도 지역은 한양, 한성, 경성, 서울이라는 이름의 변천을 거친 수도를 끼고 있어서인지 양반에 대한 풍자 육담이 많이 눈에 띈다.

현재 경기도와 서울은 행정적으로 달리하고 있지만

경기도 지역은 수도를 끼고 있어서인지 양반에 대한 풍자육담이 많이 눈에 띈다. 그림은 신윤복의 「월하정인月下情人」. 달밤의 밀회 장면이 은 근한 분위기를 자아낸다.

구전 육담에 있어서는 굳이 따로 구분할 필요가 없다. 경기도와 서울은 우리나라의 중앙부에 위치해 각지의 문물이 폭주하고 외국의 문화도 부단히 유입되는 곳이어서 구전설화 속의 육담들이 많을 듯하다.

하지만 임석재의 『한국구전설화』에서도 보이듯 다른 지역에 비해 실상 그렇게 많이 채록되지는 않고 있다. 이는 해방과 전쟁을 겪고 산업화되면서 서울·경기 지역의 토박이는 사라지고 다른 지역 사람들이 물밀듯 밀어닥쳐 혼합됐기 때문이다.

'넉살 좋은 강화년'의 유래

육담은 문헌설화 육담과 구전설화 육담 그리고 민요, 탈놀이, 속담, 쌍말 등의 육담이 있다. 그중에서 쌍말의 유래에 해당하는 육담 하나를 소개한다.

'넉살 좋은 강화년'이란 말이 있다. 이 말은 강화도 여자들이 일 잘하고 비위가 좋고 붙임성이 있으면서도 억척같이 무슨 일이든지 잘 해치우는 성질을 두고 칭찬 반 욕 반으로 김포·인천·부천 지방 사람들이 잘 쓰는 말이다.

그러나 이 '넉살 좋은 강화년'은 원래 그런 뜻에서 나온 말이 아니다. 정월이 되면 곳곳에서 연날리기 대회가 열린다. 그런데 강화연은 다른 지방의 연과는 달랐다. 대개는 연을 만들 때 살을 다섯 개 써서 만드는데 강화연은 살 네 개만으로 만든다. 연 가운데 가로지른 살 하나를 없앤 것이다.

이 강화연은 다른 지방의 연보다 훨씬 잘 뜨고 연싸움에서도 늘 이겼다. 그래서 '넉살 좋은 강화연'이란 말이 생겼는데 언젠가부터 '넉살 좋은 강화년'으로 바뀌어 강화 여자들을 욕하거나 비웃는 말이 되고 말았다.

한편 성씨의 기원에 대한 육담도 전해져 오는데 그 성씨를 특별히 멸시하거나 험담하고자 하는 것이 아니라 대개가 성씨의 한자꼴에 대한 우스갯소리다.

한 시골 처녀가 혼자 한양에 장을 보러 가기 위해 산 넘고 물 건너 밭길을 걷다가 한 사내에게 겁탈을 당했다. 울며불며 장을 보고 돌아오다가 다른 남자에게 밭 한가운데서 또 당하고 말았다.

그 후 처녀가 애를 낳게 되었는데 알지도 못하는 사내의 씨를 받았으니 아이의 성을 알 수가 없었다. 처녀의 아버지는 아이의 아비와 성을 찾기 위해 백방으로 수소문했지만 헛일이었다.

결국 고을 사또에게 소지를 올렸다. 소지를 받은 사또는 아무리 궁리해도 별 신통한 생각이 나지 않았다.

한참을 고민한 끝에 처녀의 아버지를 불러 "아이의 아버지는 찾지 못하겠지만 성은 찾을 수 있다"고 했다. 그러자 "그러면 아이의 성은 무엇인지요?" 하고 처녀의 아버지가 물었다.

"네 딸이 가다 오다 밭에서 당했다니 그 아이의 성은 밭 전(田) 자를 가운데 두고 위에서 하나 들이박고 아래서 하나 들이박아 신(申)씨다."

구전 육담에 등장하는 인물로는 총각 머슴, 소금 장수, 과부, 처녀, 중 등이 등장하는데 이따금 신체적 장애가 있는 장님, 벙어리 등도 나온다. 하지만 장애를 가진 이들을 비하하기보다는 육담의 속성상 해학을 위한 소재로 등장할 뿐이다.

　옛날에 장님 점쟁이가 살았는데 그 아내의 얼굴이 반반하고 곱살스럽게 생겼다. 장님 점쟁이의 아내는 얼굴값을 하느라 이웃집 젊은 사내하고 배를 맞추며 지냈다.
　하루는 대낮에 이 젊은 사내가 그것 생각이 슬슬 나자 장님 집으로 갔다.
　장님이 없는 줄 알고 문을 덜컥 열자마자 "그 누구요?" 하고 호통소리가 들려왔다. 그냥 나가자니 의심만 받을 것 같아 사내는 얼른 한 꾀를 생각해 냈다. 장님의 아내에게 눈짓을 해 보인 그가 말문을 열었다.
　"접니다. 이웃집 박가입니다. 저어, 청이 하나 있어서 왔는데요."
　"아, 박씨? 그래 무슨 청인데?"

"예, 말씀드리기 외람되지만 한 여자하고 뭣 좀 할 일
이 있어서 그런데요. 장소가 마땅치 않아서 이 방을 좀
빌렸으면 하구요. 제가 꼭 사례는 하겠습니다."

장님 점쟁이는 젊은 사내의 심정을 이해하겠다는 듯
이 묘한 웃음을 짓고는 "어, 뭐 그만한 일이야 어렵지
않지. 그러게나" 하는 것이었다.

장님은 아내에게 방을 좀 치워 주고 나가자면서 젊은
사내의 점을 봐 주었다. 장님 점쟁이는 산대를 흔들며
한참 흥얼흥얼하더니만 염려스러운 듯 한마디 던졌다.

"박씨, 조심하게나. 우리야 방을 잠깐 빌려주면 그만
이지만 그 여자의 남편이 먼 데 있지 않으니 모름지기
거사는 빨리 해치우는 게 좋을 거야."

육담에 아낙들이 자주 등장하는 것도 남성중심적 사
회를 역설적으로 꼬집는 것이다. 물론 성적 억압을 받는
아낙들이 도리어 성을 밝히는 쪽으로도 등장하지만 이
또한 뒤집어 보면 마찬가지다.

'좆 적다 좆 적다' 우는 두견새 울음소리

북한산 아래 어느 마을에 여인네 셋이 모여 길쌈을 하고 있었다. 바야흐로 밤이 이슥하고 두견새 울음소리가 들려왔다.

하품을 하던 한 여인이 일손을 놓고 "우리 심심한데 남정네들이 기생집에서 하는 것처럼 두견새 울음으로 글을 지어 보자"는 제안을 했다. 마침 무료하던 차에 잘 됐다며 두 여인네도 반겼다.

한 여인이 먼저 '금언한촉소(禽言恨蜀小)'라고 지었다. 다른 여인들이 왜 '촉소(蜀小)'라고 지었느냐고 물으니 "옛날에 촉나라가 있었는데 그 나라가 너무 작고 힘이 없어 망하는 바람에 그것을 한탄하여 '촉소 촉소' 하고 운다" 했다.

그러자 다른 한 여인이 "뭘 옛날 고사까지 들먹이며 글을 짓는가. 나는 '금언한정소(禽言恨鼎小)'로 지었지요. 우리 집 솥이 적으니 두견이가 '솥 적다 솥 적다' 하고 우는 것 같지 않아요?" 하고 말했다.

가만히 듣고만 있던 마지막 여인이 무릎을 탁 치며 "나는 '금언한양소(禽言恨陽小)'라고 지었소" 하는 것이었다. 왜 두견이가 그렇게 우느냐고 물었더니 "우리 집 서방 좆이 적으니 '좆 적다 좆 적다' 하고 울지요" 하더란다.

이 얘기처럼 스토리를 갖고 있는 육담도 있지만 스토리가 없는 육담도 있는데, 그냥 성적 대상으로서의 여성을 행위에 따라 분류함으로써 웃음을 자아낸다.

운우지정을 나눌 때 "아버지, 어머니!" 하고 부모를 부르는 효부형, "어이고, 아이고!" 연발하는 상가 곡소리형, "사람 죽이네, 죽여! 아이고, 나 죽이네!" 하는 살인형, "으응, 으응!" 앓는 소리만 내는 환자형, 소리는 없이 헐떡거리기만 하는 인력거꾼형, 사내의 머리털을 쥐어뜯는 탈모형, 닥치는 대로 물어뜯는 광견형, 무조건 올라타고 보는 애마형 등의 여자로 구분할 수 있다는 것이다.

육담에 자주 등장하는 아낙, 과부, 처녀 등과 짝을 이루는 남성으로 승려가 있다. 이는 수도정진보다는 잿밥에 더 관심이 많은 '땡추'에 대한 야유이기도 하지만 조선시대 숭유억불정책이 낳은 것이기도 하다.

중 하나가 길을 가다가 빨래터에 닿았다. 때마침 어여쁜 아낙네가 엉덩이를 치켜들고 빨래를 하는데 그 모습을 보자니 그만 욕정이 불같이 일었다.

휘휘 둘러보니 사람이 없어 아낙네 가까이 다가가 숫자에 맞춰 시를 하나 지으며 수작을 걸었다.

"일(一)임사가 이(二)임사로 가다가 삼(三)걸음에서 사족부녀(士族婦女)를 만났구나. 오시(五時)는 넘었다. 육환장(六環杖) 걸쳐 짚고 칠(七)바라 염주를 메고 팔자(八字)도 기박하다. 구(九) 봐라 십(十) 좀 다오."

빨래하던 아낙네가 듣자 하니 고약한 중이었다. 잠시 말문이 막힌 그녀가 화답 시를 던지는데 이러했다.

"일녀(一女)로 태어나서 이부(二夫)를 섬길쏘냐, 삼족(三族)이 분명하다. 사족부녀로서 오(五)망한 중놈이 육환장 걸쳐 짚고 칠바라 염주를 메고 팔도(八道)를 댕기

면서 구(九)하는 것이 그래 겨우 씹(十)이냐, 이 몹쓸 중
놈아!"

이처럼 여성을 성적 상대로만 생각하는 남성, 주로 승
려나 선비 등 직접적인 생산에 참여하지 않는 자들을
끌어내 남성중심적 사회의 한 단면을 꼬집는 육담이 있
는가 하면, 남아선호사상을 빗댄 풍자육담도 있다.

부부 금실은 좋았지만 내리 딸만 아홉을 낳은 부부가
살았다. 아내가 또 잉태해 '이번에는 아들이겠지' 하며
산달을 학수고대하고 있었다. 말과 행동거지도 함부로
하지 않으며 부부가 지성을 드리는 동안 어느새 산파가
오고 낳을 때가 되었다.

방문 앞에 쭈그리고 앉은 남편이 초조하게 기다리는
데 마침내 우렁찬 아기의 울음소리가 터져 나왔다.

'그러면 그렇지. 이번에는 아들이야' 생각하고는 방
안의 아내에게 "여보, 고추지? 고추 맞지?" 하고 다급하
게 물었다.

방 안의 아내가 가까스로 정신을 차리고 갓난아기의

사타구니를 훑어보니 있어야 할 고추가 없고 밋밋하기만 했다. 덜컥 가슴이 내려앉은 아내는 민망해져서 "윗도리는 당신을 닮았소" 하고 대답했다. 그러자 털썩 주저앉은 남편이 한마디 보탰다.

"그럼 아랫도리는 부인을 닮았겠구려."

"쳇, 아부지만 하나? 비 오는데
그 집선 안 하나?"

부부가 등장하는 육담은 대개 아들을 매개로 한다. 부부만의 성이 아니라 그 결과물로서의 자식이 함께하는 것은 어쩌면 너무나도 당연하다. 그러나 성적 욕망을 담은 육담은 사회의 관습이나 윤리에 반(反)하는 성향을 가지고 있기도 하다.

자식에게 들통난 부부의 성행위를 통해 부자간의 질서가 묘하게 일그러지는가 하면, 남편의 눈을 속이며 외간 남자와 사통해 남녀 간의 성윤리가 깨지기도 하고,

또 성에 무지한 처녀를 속여 범하기도 한다.

그러나 이러한 육담들은 대개 있을 법한 일이면서도 사실은 거의 있을 수 없는 얘기를 통해 카타르시스를 줄 뿐 해악하지는 않다.

한 여인이 임신을 하고 열 달이 다 찼는데도 아이가 나오지 않았다. 열두 달이 지나고 열다섯 달이 지나도 나오지 않자 남편이 동네 창피하면서도 궁금해서 견딜 수가 없었다.

하루는 배가 잔뜩 부른 아내를 불러 놓고 말했다.

"여보, 다른 사람들은 아이를 배면 열 달이면 낳는데 어째 열다섯 달이 지나도 당신은 낳지 못하는 거요. 어찌된 노릇인지 한번 들여다봅시다."

그러자 아내가 "자, 보시오" 하면서 속곳을 벗어 보여 주었다. 남편이 자세히 거기를 보니 아이가 그 속에서 두 눈을 말똥하게 뜨고 쳐다보고 있었다.

황당해진 그가 "너 나오지 않고 기기서 뭐 하느냐?" 하고 물으니 그 아이가 "나가면 뭣 해요. 여기서 장사나

해 먹고 살지" 하는 것이었다.

"아니, 장사라니 무슨 장사를 한단 말이냐?"

"망건 장사지요."

"망건 장사를 하려면 터럭이 있어야 하는데 그곳에 뭐가 있다고 그러느냐?"

"잘 아시면서……. 대문간에는 터럭이 얼마든지 있잖아요."

할 말을 잃은 아버지가 "그러면 망건을 만들어 누구에게 팔 생각이냐?" 하고 물었다. 그러자 아이는 기다렸다는 듯이 한마디 했다.

"내가 바깥세상에 나갈 틈도 안 주고 맨대가리로 들락날락거리는 놈에게 팔지요."

이 육담과 더불어 다른 지역에서도 유사하게 채록되는 얘기 하나.

비는 추적추적 내리고 부부는 할 일이 없어 방 안에서 뒤척이자니 자꾸 그 생각이 났다. 하지만 아홉 살 아들

만복이가 놀러 나가지도 않고 두 눈을 말똥하게 뜨고 있으니 어쩔 도리가 없었다.

쫓아낼 궁리를 하던 아버지가 마침내 아들을 심부름 보내 놓고 그사이에 그 짓을 하려고 "애야, 저 건넛마을 천씨 집에 가서 장도리 좀 빌려 오너라" 했다.

비는 쏟아지는데 심부름을 가라 하니 심드렁해진 아들이 쭈뼛거리며 눈치만 봤다. 그러자 "야, 이놈아! 빨리 안 가고 뭣 해!" 하고 아버지가 버럭 소리를 지르며 강제로 아들놈을 빗속으로 내몰고는 급하게 합궁을 시도했다.

한참 분위기가 무르익어 가는데 방문 밖에서 "에헴" 하고 아들놈 만복이의 기침소리가 들려왔다.

그만 화가 난 아버지가 "야, 이놈아! 심부름은 안 가고 거기서 뭘 하느냐?" 하고 소리쳤다. 그러자 아들놈이 콧방귀를 뀌며 한마디 했다.

"쳇, 아부지만 하나? 비 오는데 건넛마을 천씨 집에선 그 짓 안 하나?"

구전 육담이 유발하는 폭소는 거의 다 악의가 없고 유쾌하다. 경기도뿐 아니라 전국 어디에서나 채록되는 육담들은 은밀하고 추한 성보다는 밝고 건강한 성으로서의 가능성을 내포하고 있기 때문이다.

걸쭉한 육담을 주고받으며 웃고 즐기는 가운데 당대 민중들은 성적인 무지를 깨치고 성에까지 미친 사회적 불평등을 환기해 왔다. 육담은 그 자체로 삶의 한 과정이었다.

남근이 여근에 들어가면
반드시 죽는 법

경상도 어느 양반 댁의 외동아들이 장가들 때가 되자 이웃 마을의 세 처녀가 서로 다퉈 시집오려 했다. 가문이나 바느질 솜씨, 용모, 예절 등이 한결같아 한 처녀를 며느릿감으로 가려내기가 여간 어렵지 않았다.

마침내 양반은 세 처녀를 불러 놓고 문제를 냈다.

"여자는 남자들과 달라 입이 둘이로다. 위에 있는 입 말고 아래에 입이 하나 더 붙어 있도다. 내가 묻노니 윗입과 아랫입 중에 어느 것이 어른인가? 사려 깊게 답을 하렷다."

첫째 처녀가 쾌활하게 먼저 대답을 한다.

"예, 윗입이 더 어른입니다. 아랫입은 아직 이가 나지 않았는데, 윗입은 이가 모두 났기 때문에 더 어른입니다."

그러자 둘째 처녀가 반박하고 나섰다.

"아닙니다. 아랫입이 더 어른입니다. 윗입은 지금껏 수염이 나지 않았는데 아랫입은 수염이 아주 무성하니 더 어른입니다."

셋째 처녀는 다소곳하게 앉아서 얼굴만 붉히고 있었다. 양반이 그 처녀에게 넌지시 눈길을 주며 "너는 어느 쪽이냐?" 하고 묻자 마침내 입을 열었다.

"둘 다 틀리진 않아도 맞는 답이라곤 할 수가 없습니다. 소저의 생각으로는 윗입이 더 어른입니다. 왜냐하면 아랫입은 평생 아기처럼 물려 주는 젖만 빨아먹는데 윗입은 밥도 먹고 과일도 먹고 못 먹는 게 없으니 어른이라 할 수 있기 때문입니다."

셋째 처녀의 말을 들은 양반은 "그럼 그렇지! 네 말이

옳다. 음양의 이치를 제대로 아는 걸 보니 한 지아비의 아내 노릇을 할 자격이 있도다" 하면서 무릎을 탁 치는 것이었다.

당연히 셋째 처녀가 며느릿감으로 뽑혔다. 아무리 교양 있고 용모가 단정하더라도 음양의 이치를 모르고서는 건강한 부부 생활을 할 수 없기 때문이다.

이처럼 경상도에는 양반 선비 또는 학자가 등장하는 점잖은 육담이 많으면서도 한편으로 왕과 연관된 육담도 전승되고 있다. 경상도에는 양반 고장이 많을 뿐 아니라 신라의 수도였던 경주가 있기 때문이다.

학자와 관련된 이야기로는 '낮퇴계와 밤토끼'가 있고, 왕과 관련해 역사적 연원이 깊은 것으로는 선덕여왕의 '여근곡 전설'을 들 수 있다.

앞의 이야기는 퇴계 선생이 낮 동안에는 점잖은 선비로서 학자 행세를 하지만 밤이 되면 마치 토끼처럼 뒤쪽으로부터 부인에게 접근해 성생활을 즐겼다는 우스개로, 위선적이지 않고 융통자재한 퇴계 선생의 인간적인 면모를 과장되게 묘사한 육담이다.

　뒤의 이야기는 선덕여왕의 예지와 슬기를 드러내는 이야기들 가운데 하나다. 여근곡은 현재 경북 경주시 건천읍 신평리 남쪽에 있는 골짜기로 마치 여성이 가랑이를 벌리고 음부를 드러내고 있는 형상이다.

　선덕여왕 시절, 어느 겨울날에 영묘사(靈廟寺) 근처 옥문지(玉門池)에서 개구리가 많이 모여 여러 날 계속 우는 변고가 생기자 신하들이 괴이하게 여겨 여왕에게 아뢰었다.

　신하들의 보고를 받은 여왕은 느닷없이 장수 둘을 불러 잘 훈련된 병사 2천 명을 데리고 속히 궁성 서쪽에 있는 여근곡을 공격해 거기에 숨어 있는 적병들을 잡아 죽이라고 명령했다.

　이에 두 장수가 여왕의 명을 받들어 각각 1천 명의 병사를 이끌고 여근곡을 탐문하니 실제로 백제 병사 5백 명이 숨어 있어 한 사람도 남김 없이 섬멸했다.

　신하들이 여왕의 예지력에 감복해 그 사실을 어떻게

알았는지 여쭈어 보았다. 그러자 여왕은 "옥문은 여근이니 여자의 음부요, 개구리는 병사의 형상이며 남근이 여근에 들어가면 반드시 죽는 법(男根入於女根則必死)이니, 백제 병사들이 여근곡 속에 숨어 있으므로 공격하면 반드시 이길 수 있었다"고 답했다.

선덕여왕은 처녀 왕이지만 음양의 이치와 남녀 간의 성행위 이치를 다 알고 있었다. 옥문이 여성의 자궁을 나타내는 것은 물론 남자의 성기가 여성 성기에 들어가면 죽어서 나올 수밖에 없다는 성의 이치를 통해, 여근곡에 들어가서 숨어 있는 백제 병사가 살아 나오지 못한다는 사실을 미루어 짐작하고 거기에 적절한 작전 지시를 내린 것이다.

"이년들아, 살이면 어쩌고 뼈면 어쩔래?"

육담은 그 어휘와 표현만 늘어 보면 사람들의 성적 본능을 충동질하기만 하는 상스러운 이야기 같다. 그러나 음습한 성을 양지로 끌어내 건강한 성의 이치를 밝혀 주는 구실을 한다는 점에서, 육담을 부정(不淨)한 이야기로 금기처럼 여기는 편견과 오해에서 벗어날 필요가 있다.

요즘 직장 여성들의 성희롱과 관련해 육담을 곧 남성에 의한 여성의 성적 괴롭힘으로 간주하는 경우가 대부분인데, 여성들끼리 모인 공간에서도 육담이 제법 오고 간다는 사실을 염두에 두면 반드시 그렇지만은 않다고도 할 것이다.

그러한 사정은 옛날에도 마찬가지였다.

따뜻한 봄날 방앗간에서 동네 처녀 셋이 춘흥에 겨워 남자들의 연장 이야기를 하다가 서로 다투게 됐다.

한 처녀는 남자들의 연장이 물렁살로 이루어져 있다고 하고 다른 처녀는 힘살로 이루어져 있다고 하는데 셋째 처녀는 살이 아니라 뼈로 이뤄져 있다고 하였다.

마침 나무하러 왔던 이웃 마을 총각이 산골짜기가 왁자지껄하도록 떠드는 처녀들의 이야기를 엿듣고 엉큼

육담은 음습한 성을 양지로 끌어내 건강한 성의 이치를 밝혀
주는 역할도 한다. 그림은 김홍도의 「빨래터」.

한 생각이 나서 벙어리 노릇을 하며 처녀들에게 접근해 더듬더듬 길을 물었다.

처녀들은 말 못 하는 벙어리 총각을 보자 소문을 내지 못하리라 생각하고는 직접 확인해 보자면서 총각 바지춤을 내리고 시커먼 연장을 만지기 시작했다.

첫째 처녀가 만져 보고는 보란 듯이 물렁살이 맞다고 소리쳤다. 마침내 총각의 연장이 서서히 부풀어 오르기 시작하자 둘째 처녀가 만져 보고는 힘살이 맞다고 우겼다. 그러는 사이 총각의 연장은 커질 대로 커져서 한껏 성을 내게 되었다. 셋째 처녀가 보란 듯이 뼈가 아니고 뭐냐며 목소리를 높였다.

그러자 연장을 맡겨 놓고 있던 총각이 참다 못해 "이년들아, 살이면 어쩌고 뼈면 어쩔래?" 하고 소리쳤고 처녀들은 혼비백산했다.

물론 총각이 소문을 내지 않는다는 조건으로 세 처녀와 차례로 성을 즐길 수 있었다고 덧붙이는 것은 육담의 사족에 지나지 않는다.

옛날 어느 집에서 일곱 살 먹은 처녀를 민며느리로 맞아들였다. 며느리가 열서너 살 접어들자 이제는 음양의 이치를 알 때도 됐다고 여긴 시부모가 성급하게 며느리를 아들방에 들여보냈다.

장성한 아들이 그걸 아는가 모르는가 싶어서 자기 연장을 색시 손에다 한번 쥐어 줘 보았다. 뭔지 모르겠지만 촉감이 좋고 기분이 이상해 남편 연장을 쪼물락거렸더니 금세 부풀어 올라 손바닥 안이 그득해져 꼭 터질 것만 같았다.

덜컥 겁이 난 며느리가 얼른 잡았던 것을 놓고 시어른 방문 앞에 가서 "아버님, 어머님!" 하고 부르자 방 안에서 "와 그라노?" 하는 답이 왔다.

"서방님이 살꽁지를 손에 쥐어 주는데 자꾸 커져 가지고 밤새도록 놔두면 한 방 넘칠 것 같아요."

며느리의 이 말에 시어머니가 장탄식을 하며 "모르는 것은 쥐어 줘도 모른다더니 네가 바로 그짝이구나!" 하는 것이었다.

남성뿐만 아니라 여성의 성기 구조도 제대로 이해해야 남녀 간에 차질이 생기지 않는다.

경남 사천군 축동면 가산리에 전승되어 오는 탈놀이 가산오광대의 영감 과장(科場)에서는 마당쇠가 자기 어머니인 할미의 치마 속을 들여다보고는 "옴마, 그게 뭐꼬!" 하고서 놀라 나자빠진다. 치마 밑에 강생이(강아지의 사투리)가 한 마리 붙었다고 하면서 마당쇠가 까무라친 것이다.

그러자 할미는 "아이고 이놈, 강생이가 아니라 네 나온 구녕이라니까. 아이구 이놈의 구녕이 얼마나 험악한지 내 자슥 죽는다"고 하며 쓰러진 마당쇠를 주물러 일으킨다. 그러고는 "아이고 이놈아! 네 나이 먹도록 네 나온 구녕 하나 모르나?" 하고 안타까워한다.

남자도 여성의 성기를 모르면 이런 문제가 발생한다. 따라서 여성의 성기 구조를 일러주는 육담도 있다.

"헌 짚신짝 붙여 놓은 것 같은 데는 내비두고…"

아이를 밴 어머니가 서너 살 먹은 아들 하나를 데리고 친정을 다녀오는 길이었다. 모처럼 친정에 갔다 오느라 쌀 한 자루를 잔뜩 얻어서 이고 오다가 뒤가 마려웠다. 친정에서 잘 얻어먹은 터라 설사가 나서 참을 수가 없었다.

쌀자루를 내려놓으면 다시 들어서 머리에 일 수가 없기 때문에 쌀자루를 인 채로 똥을 누었다. 고쟁이가 자동으로 열리도록 터져 있으므로 뒤는 무사히 누었으나 쌀자루에서 손을 뗄 수가 없으니 뒤를 닦을 수가 없었다. 그래서 어린 아들에게 빤질빤질한 돌을 주워 뒤를 닦아 달라고 시켰다.

아들이 돌을 하나 찾아 쥐고는 어머니 뒤를 닦아 주려고 밑을 들여다보니 구멍이 둘이 있는데 어디를 닦아야 할지 알 수가 없었다.

"어무이, 어디를 닦을까요?" 하고 물으니, "헌 짚신짝

붙여 놓은 것 같은 데는 내비두고 중 바랑망태기 같은
데 거길 닦아라" 하고 대답하더라는 것이다.

이 육담에는 여성의 옥문과 항문의 구조적 차이가 잘
드러나 있다. 여성이 쪼그리고 앉으면 옥문은 헌 짚신짝
처럼 길게 열려 보이지만 항문은 중의 바랑망태기처럼
오그라든 모습임을 비유적으로 설명해 준다.

그러나 남녀의 성기를 개별적 구조로 이해해서는 성
의 이치를 제대로 터득할 수 없다. 성은 항상 남녀 관계
속에서 상대적으로 존재한다.

그러면 여성의 옥문은 남성의 성기에 대해 어떻게 반
응할 것인가. '흰 조개가 웃는다'는 육담이 이러한 사정
을 잘 나타내 주고 있다.

양반 어른이 직접 마을을 돌아다니며 며느릿감을 구
하러 나섰다. 한 마을의 우물가를 지나다 보니 아주 묘
하게 생긴 처녀가 물을 긷고 있었다.

차림새는 남루하지만 용모가 뛰어나고 관상도 복스럽

게 생긴 훌륭한 규수였다. 따라 들어가 보니 상놈의 집 딸이었으나 신분과 관계없이 자청해 며느리로 삼기로 했다.

그러나 아들은 상놈의 딸을 색싯감으로 맞아들이는 데 대해 불만이 많았다. 첫날밤에 소박을 줄 작정으로 각시에게 한시 한 수를 읊어 주며 적절한 대구로 화답하지 않으면 잠자리를 같이할 수 없다고 했다.

"청포대하(靑袍袋下)에 자신노(紫腎怒)라. 푸른 도포의 허리띠 아래 붉은 자지가 성을 내는구나."

각시가 기다렸다는 듯이 "홍상고의(紅裳袴衣)에 백합소(白蛤笑)라. 분홍치마 고쟁이 속에서 흰 조개가 웃는구나" 하고 화답했다.

이에 신랑이 각시를 덥석 안고 첫날밤을 잘 치렀다고 한다.

남녀 간의 성적 교섭은 쾌락을 보장할 뿐 아니라 잉태와 출산, 곧 생명과 연결되는 생식행위다. 따라서 성행위는 풍요다산을 겨냥한 주술적 양식으로 자리 잡기도 했다.

풍농을 기원하는 장승굿을 하면서 여장승과 남장승을 제각기 깎아 혼례를 치르고 첫날밤의 성행위를 재연하는 것이나, 줄당기기를 하면서 암줄과 수줄을 구별해 결합시키는 모의적인 성행위 놀이를 하며 풍농을 비는 것은, 한결같이 성이 죽음을 극복하고 생산을 보장하는 행위라 믿고 있기 때문이다.

다시 말하면 성은 풍요다산을 의미하는 주술적 장치로 인식되고 있어 우리 민속에서는 자녀를 기원하는 기자신앙(祈子信仰)의 대상으로 남근석(예를 들면, 경남 남해군 홍현리 가천 부락의 남근석)이나 여근석을 섬기는가 하면, 농사의 풍년을 기원하는 성행위굿이 별신굿이나 탈놀이를 통해 전승되고 있다.

당연히 육담에도 이러한 내용이 있다. 풍농을 비는 과부댁의 총각 머슴 이야기를 보자.

부자 과부댁에서 머슴을 구한다는 소문이 났다. 일깨나 한다는 남정네들이 다투어 갔으나 모두 퇴짜를 맞았다. 새경이 너무 비싸다는 이유였다.

한 건장한 총각이 소문을 듣고 찾아가서는 "새경을 한 푼도 받지 않을 터이니 다만 저녁마다 초 두 자루씩만 달라"고 하였다. "하, 그게사 뭐 에룹나! 초 두 자루씩 주마." 그래서 총각은 머슴살이를 시작했다.

과부가 보니 머슴이 저녁마다 목욕을 하고 머리를 감아 빗고 들어가는데 머슴방에서는 날이 새도록 불빛이 환했다.

'머슴이 뭘 하느라고 저러는가' 하고 궁금해 어느 날 밤 문틈으로 엿보니 벌거벗고 누운 채로 아랫도리에 힘을 주어서 연장을 번쩍 세우고 있는 게 아닌가.

'에 고이타, 고이타' 하고 얼른 자기 방으로 돌아왔으나 눈앞에 머슴의 연장이 떠올라 잠이 오지 않았다. 몇 번이고 나가서 들여다보곤 했다.

하루에도 서너 차례씩 엿보다 사흘 만에는 도저히 참을 수 없어서 마침내 문을 활짝 열고는 머슴 방으로 쫓아 들어갔다.

그러자 총각 머슴이 "쥔 아지매, 왜 이러시오. 내가 지금 저녁마다 촛불을 켜고 농사 잘되게 해 달라고 치성을 드리는 판인데" 하고 능청을 떨었다.

그러나 과부는 "아이고 총각, 농사고 뭐고 나부터 좀 살려 달라" 촛불을 획 불어 *끄고*는 누워 있는 머슴 위로 엎어져 버렸다.

풍년을 빈다는 말은 풍요다산을 빙자한 술수에 지나지 않는다. 과부는 그러한 머슴의 술수에 자기도 모르게 말려들고 만 것이다.

육담 가운데는 이처럼 성적 욕망을 추구하기 위해 여러 가지 술수를 부려서 기어코 욕정을 충족시키는 내용이 많다.

이러한 육담이 특히 많은 것은 여성을 차지하는 기발한 착상이 듣는 사람들로 하여금 기막힌 재미와 호기심을 충족시켜 줄 뿐만 아니라 듣는 이들 자신이 그러한 욕망을 달성하는 데 필요한 정보를 얻을 수 있다고 생각하기 때문이다.

때로는 이러한 술수로도 욕망을 채울 수 없는 경우가

많다. 기발한 착상도 떠오르지 않고 술수가 통하지 않을 때도 있다. 그러면 돈을 주고 몸을 사야 한다. 그래서 인류의 가장 오랜 직업 가운데 하나가 매춘이 된 것이다.

"낫 좋으라 갈지 숫돌 좋으라고 가는가?"

매춘의 역사가 오랜 만큼 매춘에 관한 육담 또한 적지 않다. 그러나 단순히 돈을 주고 몸을 사는 것은 이야깃거리가 되지 않는다. 공짜로 성을 즐기거나 화대를 치르는 데 실갱이가 있어야 육담이 된다.

한 건달이 오랜만에 기생집에서 오입을 하고는 주섬주섬 옷을 주워 입고 그냥 나서려 하였다. 기생이 꽃값을 달라고 손을 내밀자 건달이 도리어 역정을 냈다.
"야, 이년아! 들어 봐라. 귀후비개로 귀를 후비면 귀가 시원치 귀후비개가 시원하냐? 내가 네를 후벼 줬으니 네가 도리어 나한테 돈을 줘야지."

매춘은 어느 시대나 있었으므로 매춘에 관한 육담도 많다. 대개의 내용은
화대 때문에 벌어진 일이다. 그림은 신윤복의 「삼추가연三秋佳緣」.

"야, 이 종내기야! 꿀단지에 혀를 들이밀면 단지가 달다 그러나, 혀가 달다 그러나? 네가 내 꿀단지 맛을 봤으니 돈을 내야 할 게 아니냐?"

"그러면 나는 단맛을 봤고 너는 귀가 시원했으니 피장파장이잖아. 돈 줄 일도 없고 받을 일도 없네, 뭐! 낫을 숫돌에 갈면 낫이 닳나, 숫돌이 닳나? 둘 다 닳지?"

"이런 숙맥 보게나. 그래, 숫돌에 낫을 갈았다고 낫이 숫돌에게 낫값을 받는 것 봤어? 숫돌이 낫한테 숫돌 쓴 값을 받지. 그리고 낫 좋으라 갈지, 숫돌 좋으라고 가는가?"

결국 건달은 기생을 당하지 못하고 돈을 줄 수밖에 없었다.

가축은 씨받이 짝짓기를 하면 암컷 주인이 수컷 주인에게 돈을 준다. 그래서 종돈이나 종우, 곧 씨돼지나 씨소를 기르는 사람은 그것으로 돈을 번다.

그러나 사람은 다르다. 매춘을 하려는 남자는 이른바 화대라는 것을 치러야 한다. 오입쟁이들에게는 이게 억울하다. 왜 함께 좋아서 즐겼는데 남자만 값을 내야 하는가. 가축과는 다르게 말이다.

그것은 가축과 인간의 성행위 목적이 다르기 때문이다. 씨돼지나 씨소는 씨를 제공하여 새끼를 배게 하려고 암컷과 짝짓기를 한다.

인간은 순전히 남성의 성적 욕망을 충족시키기 위한 것이므로 성적 쾌락을 즐긴 대가를 치를 수밖에 없다. 오히려 씨를 제공해 임신으로 이어진다면 큰 피해를 주게 된다.

둘 다 즐기고 둘 다 닮았지만 낫과 숫돌의 이치처럼 낫을 버리기 위해 숫돌을 이용했으니 숫돌 값을 치르는 것이 당연하다. 매춘이 직업이 될 수 있는 이유다. 육담이 우리에게 별 걸 다 가르쳐 주는 셈이다.

육담은 인간 존재를 동물과 구별해 규정해 주는 훌륭한 준거 구실을 한다. 그래서 슬기로운 인간 '호모 사피엔스', 공작하는 인간 '호모 파베르', 놀이하는 인간 '호모 루덴스' 등과 함께, 성을 즐기는 존재라는 뜻의 '호모 에로티크'로 인간을 규정할 만하다.

생식활동이 가능한 시기에만 성행위를 할 수밖에 없는 동물에게는 성이 밥 먹는 것과 다름없는 일이기 때문에 부끄러움의 대상이 되지 않는다. 자연히 웃음거리가 될 수도 없다.

성을 생식과 무관하게 즐기는 인간에게서만 성은 도덕적 규제를 받고 부끄러움과 숨김의 대상이 되며, 또한 농담의 소재가 되기도 한다. 우리가 육담을 즐길 수 있는 것도 '호모 에로티크'로서의 인간이기 때문이다.

임재해(안동대 민속학과 명예교수)

벌님네, 조께 더
크게 해 두시요이

　전라도의 한 경로당에서 육담 제보자 김수영 옹(78세) 등을 만난 것은 행운이었다. 김옹은 처음에는 망설였지만 육담 조사자들과 함께 전후 설명을 다하며 간곡히 청을 하자 못 이기는 척 구연을 시작했다.

　담배를 피우며 얘기를 꺼낸 김옹은 나이에 비해 젊어 보였고 발음도 비교적 정확했다. 얼른 녹음기를 켜고 채록을 했다.

옛날에 한 가난한 신랑이 처가살이를 하는데 단칸방에서 살았어. 그냥 처제도 있고 장인, 장모도 있는데 아, 이놈의 것 그 짓할 틈이 있어야지. 그래서 할 수 없이 부부간에 약속을 했어. "당신, 오늘은 내 옆에서 자소."

아, 그 소리를 처제가 들어 버렸네. 밤이 되자 성이 잘 자리를 지가 딱 차지해 버렸어. 영리하든가 봐.

아, 그러니까 이놈의 신랑이 제 마누라가 옆에서 자기로 했으니 제 마누란 줄 알고 해 버렸네. 아, 해 버리고 보니까 아녀.(경로당의 청중들도 웃고 김옹도 끝내 웃음을 참지 못했다.) 그래서 그 옆으로 가서 또 했어.

그러니까 장인이 저쪽 끄트머리에서 자다가 마누라보고 요로코 옆 사람을 쿡쿡 찌르면서 귓속말로 "어이, 줄썹 내렸네" 하는 겨. 장인이 제 마누라까지 위태롭게 생겼으니 한다는 말이 "응, 조심하라고. 줄썹 내렸네" 하더란 말여. 이게 웃기는 이야기 아니오?

김옹의 애기가 끝나자 서서히 판이 무르익기 시작했다. 마침내 옆에 앉아 가만히 웃고 있던 이득춘 옹(80세)

에게 공이 넘어갔다. 처음엔 입심이 없다며 거절하다가
재차 청하자 말문을 열었다.

옛날에 뭣이냐. 건달이 부모 슬하에 있다가 장가를 가
서 논 두 마지기에 겨우 목에 풀칠하고 산단 말여. 마누
라는 칠월 달이니 모시 품앗이를 가고 사내는 사랑방
바닥에 누웠지.

점심 먹으러 온 마누라가 보니 한심하니께 한다는 소
리가 "놀지 말고 풀이라도 뜯어야 먹고 살 것 아니냐"
고 그래. 남편이 "그러면 그리야" 하고는 바지개를 짊어
지고 호박덩쿨 더미 밭으로 가 풀을 뜯었지.

그러다 오줌이 마려우니 오줌을 싼다는 것이 벌구댕
이(벌집)에다 쌌어. 이놈의 벌 떼가 그냥 자지에다 요로
코 쏴 버렸네, 쏴 버렸어. 자지가 그냥 한주먹이나 돼 버
렸지. 그러니께 뭐, 아프지만 꼴리기야 더 꼴리는 거여.

그리고 저녁에 그 짓을 하는데 마누라가 까무라칠 정
도로 맛이 틀려. 그런게 새벽에 마누라가 "아, 어찌 맛
이 틀린디?" 하는 겨. 사정을 묻자 "벌이 쏴서 그런다"

고 하니까 "그러면 그리야" 하는 겨.

　그 이튿날 해질 무렵 마누라는 떡이다 뭐다 진수성찬을 차려서 고개가 빠지게 이고 짊어지고 벌집을 찾아가서 탁 차려 놓고는 "남쪽 벌님네, 조께 남편의 그것을 크게 해 주시요이, 동쪽 벌님네 길이만 조께 크게 해 주시요이" 하고 자꾸 빌더라네. 여자가 그렇게 욕심이 많은 거여.

　이옹의 육담은 다른 지방에서도 비슷하게 채록되는 것이지만 전라도 사투리로 버무리니 새로운 맛을 냈다.
　이옹에 이어 정희종 옹(78세)에게 육담을 부탁하자 기다렸다는 듯이 곧바로 시작했다. 바르게 앉아 왼손으로는 담배를 쥐고 오른손으론 발목을 문지르기도 했다.

"여기는 어딘가이?"

어떤 밉상스러운 놈이 하나 있어. 자식 여럿 가운데

말이여. 그런데 자식들은 흥부처럼 많이도 낳았던 모양이여.

비 오는 어느 날 애비가 들에 갔다 비를 맞아 축축한 몸을 말리려고 따뜻한 아랫목에 누웠어. 잠이 사르르 들었다가 깨고 보니 그것이 슬그머니 일어서는 것이여.(청중들 웃기 시작하자 필자도 "아, 예. 그런 얘기가 좋아요" 하고 한마디 거들었다.)

아, 글쎄 낮거리를 한번 해야겠는데 꼭 요것을 어떻게 해야겠는데 아, 다른 자식놈들은 다 놀러 갔는데 꼭 밉상스러운 놈만 거기 앉았어.(그때 듣고 있던 한 노인이 웃으며 "그런 이야기를 녹음해도 괜찮은가?" 하고 물어 와 얼른 "아, 괜찮아요" 하고 대답했다.) 그런게 애비가 불렀어.

"야, 이놈아."

"야?"

"외양간에 가서 소 좀 내다가 풀 좀 뜯기고 오너라."

"뭐라구요? 이렇게 비 오는데 풀을 뜯기라구요?"

"야, 이놈아. 어서 나가란 말여!"

비가 조금 그쳤던지 이놈이 부스럭부스럭 나간단 말

여. 하도 나가라고 하니까 나오긴 했는데 이놈이 소를
데리고 나가는 것이 아니라 마루 밑으로 들어갔단 말여.

"뭣 할라고 비는 축축허니 오는데 나가라는고" 하고
투덜대며 마루 밑으로 들어가 귀를 쫑긋 세웠네.

방에선 이제 자식놈을 내보내고 마누라와 그 짓을 시
작했어. 아, 그냥 점잖게나 하면 말이나 안 하지? 이놈
이 마누라 배 위에 턱 올라타고는 이마를 쓰다듬으면서
"여기는 어딘가이?" "이마 배미산이지 어디여," 젖가슴
을 만지며 "여기는 어딘가이?" "가슴 두 동산이지 어디
여," 배꼽을 또 가리키면서 묻는데 "여기는 어딘가이?"
"아, 배꼽 깊은 산이지 어디여," "여기는 어딘가이?" "보
지 구멍산이지 어디여" 하더란 말여.(청중들 폭소가 터진다.)

아, 그렇게 그 짓을 끝내고 막 옷을 추스려 입고 있는
데 이 자식이 문을 활짝 열고 들어온다 그말여.

"아, 저런 빌어먹을 자식이 소 풀 뜯기란게 지랄허고
있네."

"벌써 다했다니까요, 아부지."

"이놈의 자식아, 워디 가서, 그새 소를 워디 가서 다

뜯겨, 이놈아!"

그러자 밉상스러운 아들놈이 "차암, 이마 배미산에다, 가슴 두 동산에다, 배꼽 깊은 산에다, 보지 구멍산까지 다 갔다 왔다니까요?"

그러니 애비가 말문이 콱 막히더란 말이여. 그런 얘기가 있어.

경로당을 가득 메운 웃음소리가 채 빠져나가기도 전에 노인들이 한결같이 추천하는 송한석 옹(74세)의 얘기를 듣기로 했다. 그러나 송옹이 필자와 동행한 조사자 일행 중에 여대생이 있어서 못하겠다고 했다.

결국 일행 중의 여대생이 자리를 슬쩍 비켜 주자 송옹이 자리를 고쳐 잡았다.

"아갸! 이것, 아까운 것을 어쩔꼬"

옛날에 과부 하나가 사는데 그 부락에 조가라고 하는

사람이 있었어. 그런데 그분이 그 집 일을 많이 돌봐 주곤 했는데 아, 이 과부가 저녁만 되면 심심해서 살 수가 없거든?

그러던 어느 날 조가보고 장날 아침에 돈 오십 전을 주며 부탁을 했어.

"조씨, 장에 가면 오늘 뭐 하나 사다 주시요."

"뭐요?"

"나, 그것 하나 사다 주시요. 심심해서 못 살것소."

조가가 오십 전을 받아 갖고 장에를 갔지. 그런데 이 놈의 백정한테 쇠좆을 살 것인가 개장수한테 가서 개좆을 살 것인가 알 수가 없어. 저물도록 장바닥을 돌아다녀도 소용이 없어.

그러다 어디 한 점방을 찾았어. 큰 점방이었는데 말은 못하고 혼자 기웃거리고만 있으니 상점 주인이 "뭣이냐?" 하고 물어 쌓거든? 그래서 "나, 뭐 살 거 있는데 아무리 봐도 없네" 하자, "없는 것만 없고 다 있네" 하는 것이여.

"아, 그러면 좆도 있어요?"

"좆? 있고 말고……."

"아따, 됐다! 얼마요?"

"오십 전."

"그래요? 대체 있기는 있는 것이지요?"

그래 오십 전을 주고 이 희한한 것을 딱 샀어. 사 가지고는 "이걸 어쩔 것이냐?" 하니까 주인이 그것을 선반에다 올려놓고 옷을 벗고 누워 엉덩이를 두드리면서 "아갸! 이것, 아까운 것을 어쩔꼬" 하고 소리를 지르라고 하거든?

과부집에 돌아온 조가가 과부에게 어떻게 사용하란 소린 하지 않고 "선반 위에다 얹어 놓으랍디다" 그 말만 했네.

아, 과부가 그 희한한 물건을 선반 위에 얹어 놓고 사흘 저녁을 있어 봐야 아무 소용이 없자 조가를 불러 "어떻게 된 것이요" 하고 물었어.

그러자 조가가 "아차! 나가 잊어 부렀소. 그 선반 위에다 얹어 놓고 옷을 벗고 누워 '아갸! 이거 아까운 것 어쩔까' 그러면서 궁둥이를 두드리라고 합디다" 그러거든?

그 말을 듣고는 이놈을 선반 위에 얹어 놓고 초저녁에 일찍 그랬던 모양이여. 과부가 옷을 벗고 드러누워 "아갸! 이것, 아까운 것을 어쩔꼬" 하면서 궁둥이를 두드렸어.

그랬더니 이 희한한 놈이 폴짝 뛰어내리면서 과부의 그곳에 다짜고짜 들러붙는데 온 전신이 욱신거리고 사람이 살 수가 없어.

뗄래야 뗄 수도 없고, 자기 혼자 힘으로 뗄 수도 없고, 밤이 새도록 죽을 지경이었지.

아침에 조가가 마당을 쓸라고 하는데 방 안에서 죽는다고 야단이여. 과부 방문을 열어 볼 수는 없고, 문 밖에서서 "대체 어디가 아파서 그러냐?" 묻자 "아이고, 나 죽는다, 날 살려라!" 하고 난리여.

조가가 "내가 어떻게 살리야?" 하고 물었지. 그러니까 과부가 그 샛문 좀 열고 궁둥이를 약간 까고는 "아갸! 이 아까운 걸 어쩔꼬" 하라고 그러거든?

아, 다른 방법이라고는 없으니 이 사식이 궁둥이를 툭 까 놓고는 "아갸~" 그러거든?

그러니까 이 희한한 놈이 또 조가의 궁둥이에 와서 붙어 버리는데 이놈이 살 수가 없어. 이놈이 마당 쓸기는 커녕 온 마당을 기어 다니면서 "사람 살려!" 하고 야단이거든?

아, 그러자 이웃의 어떤 늙은이가 화로에 불을 붙이러 와서는 "아니, 왜 그러느냐, 광란이 났냐?"고 어쩌고 하니까는 "나, 광란이 났으니까 어떻게 좀 해 달라"고, "궁둥이짝 까 놓고는 '아갸! 이 아까운 것 어쩔꼬' 하고 소리치라"는 거야.

그렇게 해서 아, 이 희한한 놈이 늙은이한테 붙어 갖고 늙은이가 곧 죽게 생겼네. 생난리를 치니까 그 아들들이 달려와 이걸 발로 뻗대고 잡아댕겨도 이것이 안 빠지네. 이것이 안 빠져 응?

막 그러고 있는 것을 옆에 있던 큰아들이 애비의 궁둥이를 탁 차 부렸네그랴, 탁 차 부렸어. 그러니까 이 희한한 놈이 땅바닥으로 툭 떨어졌어.

그래 이 빌어먹을 것을 불에다 구워도 구워지지 않고 목침으로 때려도 깨지지 않고 그래. 아, 그래 갖고 그놈을 울 너머로 던져 버렸는데 여름에 동네 부인들이 밭을 매다가 우연히 그놈의 얘기를 했던 모양이여.

지금 같으면 속고쟁이 입고 뭐 하고 해서 괜찮은데 그전에는 맨몸의 가래고쟁이 아녀? 밭에 오그리고 앉아 그 이야기를 하는데 아, 그 빌어먹을 희한한 물건의 씨가 떨어져 자랐으니 온 밭에 그놈 천지여.

동네 부인들이 그놈의 얘기를 하면서 "아갸! 이것 아까운 것 어쩔꼬" 하니까 이것들이 전부 동네 부인들의 그곳에 붙어 버렸네.

그래서 밭 매는 여자들이 죽을 욕을 보고, 그 뒤로는 과부들이 통, 그것 생각이 없어졌다는 얘기여, 내 말은…….

숨돌릴 틈도 없이 쏟아 내는 송옹의 얘기가 끝나자마자 폭소의 파도가 한바탕 경로당을 휩쓸었다. 송옹은 잠시 담배를 길게 빨아 연기를 내뿜고는 다시 육담을 시작했다.

"더우가 이렇게 많이 나왔당게"

옛날 산동네에 사는 사람이 칠팔월에 감 장사를 갔어. 감 장사를 가니라고 가는데, 감짐을 짊어지고 가는데, 어떤 할망구가 꼬부랑꼬부랑 허고 올라오거든? 그러드 마는 그 감 장수를 보고 물어.

"여보시오, 어디 가시오?"

"나, 감 팔러 가오."

"우리 집엔 가지 마시오. 우리 딸이 혼자 있소."

"내가 당신 집 뭣 할라고 간다요. 그런데 집이 어디요?"

"저기 아랫마을 감나무 있는 저 집이오."

"아, 그래요. 걱정 마시고 갔다 오시오."

말은 그렇게 해 놓고는 이 감 장수가 그 집을 찾아갔단 말여. 가서 보니 큰애기가 대차 마루에 앉아서 삼을 삼고 있어.

마당에다 감짐을 탁 받쳐 놓고는 "아이고 아가! 내가 왔다. 네 에미가 가 보라고 하던데" 하고 말을 거니, 큰

애기가 "아이고, 그래야" 하면서 천둥만둥 뭐 밥을 하고 야단이여.

"애야, 그 뭐, 암탉 한 마리 있다고 잡으라고 그러더라 마는, 잡지 마라."

마침 암탉 한 마리가 있었는지 이놈을 탁 잡아서 점심을 해 줘서 잘 먹은 이 감 장수가 아, 큰애기를 보고는 수작을 걸었어.

"아이, 얼굴이 왜 그러냐? 언덕에 올라가면 헉헉거리고 숨이 가쁘고 그러쟈?"

"예, 언덕에 올라가면 헉헉거리고 숨이 가쁘고 그래요."

"네가 더우(더위)가 들었다."

"더우가 들면 어쩐대요?"

"아, 내 부러야지."

"아, 더우를 어떻게 낸대요?"

"아, 더우 내는 방식이 있어야."

그러구선 큰애기를 마루에다가 자빠뜨려 놓고 마구 더우를 내는데, "아프더라도 참아야 한다" 하면서 더우

황당하고 추한 듯한 육담도 있지만 그것들이 민초들의 삶의 애환을 달래 주었음은 부인할 수 없는 사실이다. 그림은 김홍도의 「우물가」.

를 내는데, 이 감 장수 홀애비가 모처럼 그 짓을 해 보니 아, 그것이 많이도 나오는 것이여. 사발에다 싹 훑어서 손가락으로 담고, 또 그것을 담았단 말여. 얼마나 해 놓고는 그날 저녁은 그 집에서 잤어.

자고는 할망구가 얼른 올 성싶어서 아침 일찍이 떠나 버렸어. 그런데 이놈의 감 장수가 시원찮아선지 부산허니 와서 그 짓을 또 하고선 가 부렀당게.

아 그래 할망구가 집에 돌아오니까 딸이 공돌공돌하면서 "아따, 나는 더우 냈다. 감 장수가 와서 더우 냈다"고 하거든? 그러자 할망구가 "저 썩을년!" 하고 막 나무라고 야단을 치는 것이여.

그러자 그 딸이 사발을 갖고 와서 "더우 내놓은 것이 여기 있어라. 더우가 이렇게 많이 나왔당게" 하더란 말씀이여.

입심 좋은 송옹이 얘기를 하는 동안 웃음보가 연신 터지고, 동행한 조사자들은 녹음기 테이프를 갈아 끼우며 한마디라도 놓치지 않으려고 애를 썼다.

머지 않아 이분들이 저세상으로 가고 나면 사투리 구수한 구전 육담을 채록할 수 없을 것이라는 아쉬움이 가슴 한켠으로 스며 들어왔다.

듣다 보면 황당하고 추한 듯한 얘기도 많지만 이런 얘기들이 이제껏 서민들의 애환을 달래 주었다는 사실을 염두에 두면 무엇 하나 소중하지 않을 수 없었다.

육담을 들으며 모처럼 박장대소하는 노인들의 환한 표정을 그 무엇으로 섣불리 재단할 수 있으랴. 현장 사진을 찍지 못한 것이 아쉽다.

박순호(원광대 국어교육과 교수)

우리 심심한데
고기 얘기나 할까요?

　중국 조선족 설화에 관심을 갖게 된 것은 1991년부터다. 중국과 우리나라가 수교를 맺기 전에 민속학회에서는 중앙일보사 후원으로 내몽골과 외몽골의 민속을 조사한 일이 있었다.

　당시 내몽골, 외몽골로 들어가 조사한 뒤 다시 중국으로 들어가려 했으나 비자 문제가 까다로워 홍콩으로 밀려난 적이 있었다.

　일행은 모두 우리나라로 돌아갔으나 필자는 홍콩에

체류하면서 비자를 재발급 받아 낯선 중국땅에 도전장을 내게 되었다.

초행길이었지만 연변민속학회 부회장 박창묵 선생과 최삼룡 선생이 마중을 나와 기차편으로 길림성(吉林省) 조선족을 만나기 위해 떠났다.

당시 기차에서 박 선생이 "우리 심심하니 고기 얘기나 하면서 갑시다" 하는 것이었다. 순간 "괴 얘기? 고기 얘기가 뭔가?" 하고 의아해하니 "육담(肉談) 말입니다" 하는 것이었다.

고기 얘기! 그 얼마나 완곡한 은어적 표현이란 말인가. 참으로 기발한 표현이었다. 기차에서 두 분이 번갈아 가며 들려준 육담을 지금도 잊을 수 없다.

중국 조선족은 육담을 '고기 얘기' 또는 '쌍담(常談)'이라고 부른다. 육담은 우리처럼 유교적 잔재가 뿌리 깊은 사회에서나 금기시했을 뿐 오히려 중국 조선족 사회에서는 민중이 즐겼던 보통 사람들의 구비문학이었음을 알게 되었다.

문화혁명 당시에도 집체노동을 끝마치고 나서 밤이

되면 숙사에 모여 이야기판을 벌였다고 한다. 옛 고사와 더불어 육담을 들으면서 피로와 스트레스를 풀어 버렸다고 하니 가위 그 이야기판의 기능이 어떠했을지 짐작이 간다.

먼저 제보자와 방기철(方基哲) 씨의 얘기부터 시작해 보자.

"여보, 빨리 한잔 주게"

옛날에 팔부(팔푼이)가 장가를 갔는데 도통 여편네 다룰 줄을 몰랐다. 여편네가 아무리 신호를 보내도 응답이 없었다.

그래서 하루는 새참을 함지에 담아 이고는 남편이 김을 매고 있는 밭으로 갔다. 남편이 밭의 비탈진 곳에서 새참을 먹는 동안 부인은 비탈진 언덕 위에 앉아 삼베 치마를 썩 걷어 올렸다. 속고쟁이 사이로 자신의 아랫도리가 보이도록 하여 남편을 자극하려는 것이었다.

중국 조선족은 육담을 '고기 이야기'라고 하는데, 일상의 고단
함을 풀어 준 이야기라는 점에서 그 기능은 같다. 그림은 김흥
도의「점심」

남편은 연신 밥을 먹으면서 자꾸 아내의 아랫도리를 보게 되었다. 고개를 갸우뚱하기도 하고 머리를 흔들기도 하면서 자세하게 관찰한 남편은 아주 신기하게 생각했다.

새참을 다 먹은 남편이 아내에게 물었다.

"여보, 당신 그게 어째 그렇게 생겼소?"

그러자 아내가 "아, 밥함지 이고 오다 탁 넘어졌는데, 수수글겡이(그루터기)에 상처를 입어 이렇게 됐지요" 하고 대답했다.

"아, 그럼 어떻게 해야 하지?"

"딱 한 가지 방법이 있는데 당신의 그것으로 좀 만져 줘야 이내 아물겠어요."

"아, 그럼 그렇게 해야지."

마침내 남편은 아내가 시키는 대로 했다. 그렇게 하다 보니 자연스럽게 남편의 성욕이 발동돼 여자를 알게 되었다.

그런데 이렇게 되니까 원래 남편이 모자란 사람인지라, 밥을 먹을 때나 옆에 사람이 있거나 없거나 가리지 않고 자꾸 아내에게 그것을 요구했다. 근심거리가 된 아내가 남편에게 조용히 타일렀다.

"여보, 자꾸 이러면 남들이 웃어요. 그러니 남들이 보지 않을 때 하거나 또 정 그렇게 생각이 간절하면 '여보, 한잔 주게' 하고 신호를 해 주세요. 그러면 내가 곧 알아차려 남의 눈을 피해 만족시켜 주리다."

그리고 얼마 지나지 않아 가시아버지(장인)가 찾아왔다. 아내가 아침 준비를 하고 있는데 남편은 뒷고방(뒷방)에 앉아서 여편네를 내다보다가 음침한 생각이 났는지 소리쳤다.

"여보, 한잔 주게."

그러자 아내는 '남편이 또 생각이 있어 저러는구나' 하고 기대를 했지만, 장인은 '오늘 아침에 반주나 한잔 있으려나' 하고 생각했다.

그런데 아침상이 들어오는 것을 보니 반주가 없었다. 사위는 그것도 모르고 "여보, 빨리 한잔 주게" 하더니 딸과 뒷방으로 가는 것이었다.

장인은 화가 나서 "이놈의 사위가 반주를 뒷방에서

혼자 처먹는구나" 하고 소리를 냅다 지르고는 딸집을
떠나 버렸다.

훗날 친정에 온 딸을 보고 친정 어머니가 "야, 너 저번
에 아버지가 갔을 때 그렇게 푸대접했다면서. 그래서야
되겠느냐?" 하고 나무랐다. 그러자 딸은 어쩔 수 없이
자초지종을 얘기해 오해를 풀었다.

"내 좆은 깨좆" 김삿갓의 지혜

어느 날 김삿갓이 길을 가다가 날이 저물어 여관에 묵
게 되었다. 여관 주인의 마누라에게 흑심을 품은 김삿갓
은 밤에 슬그머니 소변 보러 가는 척하고 나가서는 황
소들을 풀어놓았다.

소들은 여기저기 뛰어다니면서 울안을 휘저어 놓게
되었다. 그러자 주인은 여관에 묵고 있는 사람들을 다
동원해서 그 소들을 붙잡으려고 야단법석을 떨었다.

그 짬을 타서 김삿갓은 캄캄한 방에서 여관집 부인과

관계를 하였다. 그러고는 자기 방에 다른 사람들이 들어올 때 함께 들어와서 턱 누웠다.

손님들과 함께 소를 다 붙잡아 매 놓고 난 여관 주인은 방에 들어와 자기 부인과 관계를 하려 하였다. 그러자 부인이 "아, 이제 금방 하고 또 하려구?" 하면서 거부하는 것이었다.

"뭐라구?" 여관 주인은 '필연 다른 놈이 들어와 장난을 했구나' 생각하고는 여관의 모든 사람들을 집결시켜 조사를 하게 되었다.

"밖에 나가지 않고 집 안에 있던 사람이 누군가?" 하고 물으니 모두들 다 나갔다고 하지 집에 있었다는 사람이 없었다.

여관 주인이 "좋다. 몽땅 검사를 하겠으니 모두 바지를 벗어!" 하고 고함을 쳤다.

영문도 모르는 사람들은 기가 질려 옷을 벗었다. 김삿갓도 마지못해 옷을 벗어 놓고는 구석에 떡 앉아 있는데, 희미한 불빛 아래 깨 주머니가 보였다. 김삿갓은 슬그머니 깨를 집어 물건에다 썩 발랐다.

드디어 검사 차례가 오자 김삿갓은 "내 좆은 깨좆인데" 하고 척 내놓았다. 주인이 보니 참 희한한 물건이었다. 주인은 내심 '그 물건 참 요상하다' 감탄을 했다. 모두 검사를 해 봤으나 문제 있는 사람이 없어 주인은 결국 범인을 잡지 못했다.

못 말리는 아내의 바람기

옛날에 한 부부가 살았는데 아내가 어찌나 바람기가 많은지 남편이 잠시라도 집을 비울 수가 없었다.

그래서 하루는 남편이 집을 떠나면서 아내에게 "내가 초상집엘 좀 갔다 와야 하겠는데 그사이에 또 전과 같은 그런 나쁜 짓을 하면 큰일 날 줄 알라"고 으름장을 놓았다. 부인은 "아, 내가 무슨 그런 짓을 하겠어요" 하였다.

남편은 그래도 믿을 수가 없어 "소용없다. 내 이번에는 단단히 표적을 해 놓고 가겠다" 하면서 아내의 옷을 벗겼다. 그러고는 아내의 아랫도리에다 한쪽에는 보리 이삭을 그리고, 또 한쪽에는 망아지를 그렸다. 그림을 다 그린 남편은 "그럼 됐다. 내 갔다 오면 다 알 테니까" 하고는 집을 떠났다.

초상집에서 밤을 샌 남편은 집에 돌아오자마자 아내에게 "당신 거기 좀 보자"고 했다. 남편이 자세히 그곳을 들여다보니 한쪽에 그린 보리 이삭이 다 지워져 있었다.

"나쁜 년, 그간에 또 일을 저질렀구먼?" 하고 다그치니 아내가 말하기를, "아, 요 망아지가 건너와 다 뜯어먹었지요" 하더라는 것이다.

첫 번째 '바보사위 이야기'는 소화(笑話) 중에서 치우담(痴愚譚)에 속하는데 일명 '바보신랑설화〔痴壻說話〕'라고도 한다.

'내 좆은 깨좆' 이야기는 김삿갓이 그 주인공이란 점이 흥미롭다. 필자가 조사한 바로는 박문수가 그 주인공으로 나오기도 한다.

'못 말리는 아내의 바람기' 또한 전 세계적으로 구전되고 있는 이야기다. 남편이 아내의 행동을 제한하기 위하여 어딘가에 표시해 놓은 그림이 나중에 보니 변했다는 설화로 소화에 속하며, '면인면기설화(面印麵器說話)'라고 한다.

선조 때의 유몽인(柳夢寅)이 저술한 『어우야담(於于野談)』과 중국 청나라 때의 『소림광기(笑林廣記)』 1권 「졸하화조(拙荷花條)」, 13세기 일본 문헌인 무주법사(無住法師)의 『사석집(沙石集)』 7권에도 실려 있다.

아내로 하여금 음식을 먹지 못하도록 한다는 내용 대신 바람을 피우지 못하게 하기 위해 아내의 성기에 그림을 그렸다는 이야기들이다.

토끼를 그려 놓았는데 후에 그림이 없어져 물어보니 산토끼라 산으로 도망갔다고 했다는 우리나라 얘기도 있으며, 토끼가 망아지로 탈바꿈한 외국 얘기도 있다.

다음 얘기는 박창묵 씨에게 들은 이야기 중에서 몇 가지만 소개한다. 먼저 아낙네 엉덩이를 공짜로 본 김삿갓과 그의 제자 얘기부터 해 보자.

"한 수 배웠습니다, 선생님"

김삿갓이 제자와 함께 팔도강산 유람을 떠나는 길이었다. 한참 가다 보니 한 아낙네가 김을 매는데 엉덩이가 올라갔다 내려왔다 하는 것이었다. 제자가 그것을 보고는 김삿갓에게 장난스레 말했다.

"선생님, 저 부인 엉치는 어떻게 생겼길래 저렇게 분주스러운지 다 벗겨서 볼 수가 있겠습니까?"

"하, 그까짓 거 못 봐? 자네 나하고 같이 가서 보자."

김삿갓이 앞장서서 숨이 차도록 다가갔다. 그는 불문곡직하고 김을 매는 아낙네의 엉덩이를 탁 치며 고함을 쳤다.

"아하, 이제야 찾았구나. 이년아, 빨리 가자."

다짜고짜 김삿갓이 손을 잡아끌자 아낙네는 어이가 없었다.

"아니, 대관절 당신이 뭐길래 이렇게 희롱하는 거요."

아낙네가 화를 내자 김삿갓이 도리어 호통을 쳤다.

"야, 이년아! 희롱이고 뭐고 빨리 가자. 나라의 임금이

아, 사경에 이르러 엉치가 한 쪽짜리인 여자를 잡아 약으로 바쳐야 하는데, 이제야 찾았구나. 팔도강산 다 돌아다니다 그 올라갔다 내려왔다 하는 너를 보니 필시 엉치가 한 쪽이로구나."

"아이구 나으리, 난 엉치가 한 쪽이 아니라 두 쪽이라니까요."

"이년이 감히 임금을 구하겠다는데 역적이 되려는구나. 당장 주리부터 틀어야겠구나."

겁에 질린 아낙네는 여차하면 죽게 생겼으니 고쟁이를 벗어 보여 주는 수밖에 없었다.

"나으리, 이걸 보쇼. 이게 어디 두 쪽이지 한 쪽입니까. 한 번만 봐 주시오."

그러자 김삿갓은 자세히 들여다보고는 "어험, 그러고 보니 한 쪽이 아니고 두 쪽이 맞구나. 너 오늘 죽었다 살아난 줄 알거라" 하고는 제자에게 눈짓을 하며 가던 길을 갔다.

제자는 김삿갓에게 머리를 조아리며 한마디 했다.

"한 수 배웠습니다, 선생님."

"요 아까운 것, 여기다 담으실 것이지"

동생은 품팔이 가고 시형하고 제수가 한밭에서 김을 매게 됐는데 제수의 솜씨가 빨랐다. 시형이 보니 앞서 김을 매는 제수의 치맛속이 훤하게 보이는 것이었다. 뒤에서 그걸 보고 있자니 영 죽을 맛이었다. 자꾸 물건이 일어나니 어쩔 수 없이 밭두렁에 나가 탈탈 털었다.

앞서 가던 제수가 그걸 눈치채고는 "아이고, 요 아까운 걸 함부로 버립니까. 아, 담을 그릇에다 담아야지, 어떻게 그걸……" 하면서 아쉬워했다.

제수는 땅에 떨어진 것을 쓸어 담아 자신의 그곳에 문지르며 한마디 했다.

"여기, 그릇이 있는데 여기에다 담으실 것이지……."

사돈지간에 불이 났네

옛날에 사돈지간이 한마을에 살았는데 하루는 안사돈

과 바깥사돈이 함께 김을 매러 갔다. 갑자기 비가 억수같이 쏟아지는 바람에 둘은 어쩔 수 없이 움막 안에 같이 들어가게 됐다.

그런데 바깥사돈이 가만히 보니 안사돈의 옷이 비에 젖어 착 달라붙어 있었다. 나이는 좀 먹었지만 속살이 다 비치니 요염해 보였다. 참을 수 없는 욕정의 불길이 치밀자 바깥사돈은 "에라, 나도 모르겠다" 하면서 안사돈을 끌어안았다.

안사돈이 놀라 "아, 이러면 하늘을 어떻게 보려고 그래요!" 하고 소리쳤다. 그러자 바깥사돈이 대꾸했다. "그러니까 이렇게 내가 위에서 엎어져 땅을 보고, 안사돈이 하늘을 못 보게 하지 않소."

그리하여 마침내 사돈지간에 불이 붙고 말았다.

"좆 때우는 땜쟁이가 어딨어?"

옛날 어느 마을의 부자가 조강지처와 첩을 두고 살았

다. 밤에 첩 있는 데로 가면 본처가 싫어하고 본처 있는 데를 가면 첩이 또 샘을 냈다. 둘이 시샘하는 꼴을 보고 있자니 환장할 일이었다.

남편은 생각다 못해 두 여자가 보는 가운데 칼을 가지고 와서는 "에이, 너희들이 정 싸움만 한다면 바로 이 물건 때문이니까 자르고 말겠다"며 으름장을 놓고는 정말 자른 것처럼 속임수를 썼다. 그러자 두 처가 눈물을 흘리며 대성통곡을 했다.

그런데 바로 그때 담장 밖에서 "좆 때우시오, 좆 때우시오" 하는 것이었다. 그 소리에 귀가 번쩍 뜨인 두 처가 땜장이를 불러 놓고 물었다.

"아, 세상에 가마 때우는 것도 보고 사발 때우는 것도 봤으나 대체 좆을 어떻게 때운데요?"

그러자 땜장이가 말했다.

"아, 다 때우지요. 원래대로 해 달라면 그렇게도 하고, 조금 굵게 해 달라면 굵게도 하고, 길이를 조금 길게 해 달라면 그렇게도 하지요."

그 말을 들은 본처가 들뜬 목소리로 "아저씨, 이왕이

면 좀 굵게, 본래 것보다 좀 굵게 해서 때워 주시오"하자, 첩이 듣고 있다가 "그거 뭐 굵게 하지 말고 좀 길게만 하여 달라"고 했다.

물건은 원래 그대로 있었으니 남편은 땜장이와 짜고 수술하는 척했다. 땜장이는 두 처가 들으라는 듯 "아, 소원대로 때우고 갑니다. 품값이나 후하게 보내 주시오" 하고는 떠나갔다.

마침내 밤이 오자 두 처는 고민 끝에 "내가 차지하면 네가 싫을 게고 네가 차지하면 나도 섭섭할 테니 우리 남편을 가운데 눕혀 놓고 돌보게 하자"는 합의를 봤다.

그리하여 한방에서 잠을 자게 됐는데 본처가 먼저 그 짓을 했다. 그런데 일을 치르고 보니 아무리 생각해 봐도 이전보다 굵지 않았다. 그다음 첩이 그 짓을 해 봐도 전보다 길지 않았다.

두 처가 이상하다며 잠도 자지 않고 소근거리자 남편이 한마디 했다.

"아이고, 이 한심한 것들아. 좆 때우는 땜쟁이가 어딨어? 원래 좆이 그 좆이지. 너희들이 너무 싸움하니까 그

랬지. 한 번만 더 싸워 봐라, 그땐 정말 잘라 버릴 거다."

'아낙네 엉덩이 공짜로 본 김삿갓과 그의 제자' 얘기와 제보자 방기철 씨의 얘기에서도 그러했듯이 난봉꾼 주인공이 김삿갓이라는 점이 흥미롭다.

'아까운 것, 여기다 담으실 것이지' 얘기는 수음(手淫) 설화의 하나로 그것을 주워 담는 데서 웃음이 촉발된다.

또 '사돈지간에 불이 났네' 얘기는 짤막한 대화로 전개되지만 유교적 갈등과 모순을 덮어 버리는 남성의 대화가 눈길을 끈다.

그리고 '좆을 다시 때운 남편' 얘기는 본처와 첩 사이의 갈등을 해결할 수 있는 것도 결국은 남편의 그것이라는 점을 웅변하고 있다.

중국 흑룡강성(黑龍江省) 오상시 조선족 민족향에서 채록한 고기 얘기를 소개하고자 한다. 한·중·일 공동 조선족 민속 조사(1996년 8월 6~17일) 때 홍광촌(紅光村)에서 만난 권병희(權炳姫) 할머니는 구연력이 뛰어날 뿐 아니라 각설이타령 등 상당수의 민요도 들려주었다.

이곳은 몇 년 전에 타계한 김덕순(金德順) 할머니가 살던 마을이다. 김덕순 할머니의 육담은 이미 중국어로 번역되어 『김덕순고사집』이라는 제목으로 상해문예출판사에서 1983년 출간된 적이 있다. 이 책에는 33화가 수록돼 있다.

김덕순 할머니의 영향 때문인지 이 마을엔 이야기를 잘하는 할머니들이 많았다. 특히 혼자 살아 외롭다 보니 늘 저녁만 되면 김덕순 할머니한테 놀러 가 고담(古談)을 들어 왔다는 권병희 할머니의 설화만으로도 한 권의 책이 될 정도였다.

권씨 할머니의 설화를 통해 김씨 할머니의 설화가 어떻게 전파됐는지를 기존 설화집과 대비하여 연구해 볼 만하다.

권씨 할머니는 자연스럽게 이야기해 주었다. 때로 그 지방 할아버지가 분위기도 모르고 그 자리에 오면 고기 얘기는 더 이상 들을 수 없게 된다.

또 필자에게 들려주는 고기 얘기는 보통 정도이지만

할머니들끼리만 오가는 더 진한 얘기도 많이 있다고 귀띔해 주었다. 결국 더 진한 육담을 채록하는 데는 실패했다. 아마도 외래자(外來者)와의 만남에 대한 체면을 상당히 고려한 것으로 추측된다.

이곳 홍광촌은 경상북도 의성이나 안동 등지에서 온 분들이 대다수다. 조사단을 맞이해 주는 의식 속에서 1950~1960년대의 우리네 모습을 다시 보는 듯해 가슴 한켠이 저려 오는 것을 느꼈다.

고기 얘기들 중 박문수, 강감찬 설화는 거의 전국적으로 퍼진 광포육담(廣布肉談)으로, 경우에 따라 박문수가 김삿갓이 되고 박문수가 강감찬이 되기도 하며 오성과 한음의 이야기라고 모두(冒頭)에 나타나기도 한다.

그러면 권병희 할머니의 고기 얘기를 들어 보자.

"내년 초삼월 해동하거든 다시 만납시더"

옛날에 오막살이집에 과부가 혼자 살았는데 하루는

바깥사돈이 댕기러 왔어. 과부사돈은 아랫목에 자고 바깥사돈은 윗목에 자고…….

그런데 함께 자려니 참 이상한 거라. 한이불 밑에 자다 보니 어떻게 어떻게 해서 영감, 할멈이 장난을 했던 모양이라.

아침에 과부사돈이 눈을 떠 보니까 바깥사돈이 윗목에 앉아 담배를 뻐끔뻐끔 피거든? 과부사돈이 무안해서 한마디 했어.

"사돈요, 우린 참, 장난했니더."

"잘했니더. 나는 집에 가면 또 있니더."

아, 바깥사돈이 그러니 과부사돈 얼굴이 금방 벌개져서 밖으로 나갔지. 바깥사돈 아침은 해 줘야 하겠는데 너무 망신스러워 가슴이 벌렁벌렁하거든.

망돌(맷돌)에 털썩 주저앉아 망질을 하는데 그만 엉덩이가 얼어 붙었어. 망돌이 너무 차거우니 맨엉덩이가 척 들러붙어 버린 거야. 그러니 못 일어나지 뭐. 일어날 수가 있나.

방 안의 바깥사돈은 아침밥을 먹고 가야겠는데 감감

무소식이라. 기다리다 못해 밖으로 나와 보니 과부사돈
이 쩔쩔매며 망돌에 앉아 있는 거라.

"왜 그래 앉았소?"

"에그, 나 얼어붙어 못 일어나겠니더."

그제야 바깥사돈은 상황을 알아차리고 다가가서는 망
돌과 엉덩이 사이에 입을 대고 후후 불어. 그런데 자꾸
불다 보니까 과부사돈의 아랫수염이 또 얼어붙었네. 그
러니 더 못 일어나게 됐어.

불어도 불어도 안 되자 바깥사돈은 "아이고, 사돈요.
내년 초삼월에 해동하거든 다시 만납시더. 해동 전에는
안 떨어지게 생겼으니……" 하고는 가 버리더란 얘기지.

"타불타불타불…" "씨불씨불씨불…"

모심기 철에 한 아주마이가 점심을 한광주리 이고 가
는데 가다 보니까 오줌이 마려워. 오줌을 누려 해도 광
주리를 이고 있으니 앉기가 쉽지 않아.

어쩔 수 없이 머리에 인 채로 앉아 쉬를 하는데 가재란 놈이 뜨거운 물에 놀라 그만 아랫입을 꽉 찝었네. 아프긴 아프지, 광주리는 이고 있지 정말 미치겠거든? 오도가도 못 하고 앉아 있는데 마침 스님이 지나가.

"스님, 스님, 날 좀 보소. 이거 아유, 내 이거 저기 점심 광주리 이고 가는데 가재에게 아랫입을 물렸으니 내가 이거 가지도 오지도 못하겠소. 이거 어떻게 좀 해 주소."

스님이 가까이 와서 보니 거참 별일도 다 있거든? 그래서 이 스님이 치마를 올리고 가재를 빼 주려고 들여다보는데 갑자기 가재란 놈이 스님의 입도 꽉 물어 버렸어. 아주마이 가랭이에 머리를 처박은 스님은 이러지도 저러지도 못하고 버둥거릴 수밖에.

그러고 있다가 에라이 모르겠다 하고 스님이 머리를 확 빼내니 살집이 뚝 떨어졌지. 스님의 입술도 떨어지고 아주마이의 아랫입도 떨어지고……. 아, 급한 나머지 가재가 찝고 있는 살집을 바꿔 붙여 버렸네. 바꿔 붙여 버렸어.

그 후로 아주마이가 걸어가면 다리 사이 아랫입이 "타불타불타불……" 하고, 스님이 걸어가며 염불을 외는데 자꾸 "씨불씨불씨불……" 하더라는 거야.

여자만 보면 오금을 못 쓰는 어사 박문수

옛날에 박 어사, 그러니까 박문수라는 어사가 시찰을 도는데 날이 저물었어. 마땅히 잘 데는 없고 자꾸 가다 보니까는 산 밑에 집이 하나 있더래.

염치불구하고 찾아 들어가 주인을 찾으니 남자는 없고 아낙네 혼자 있어. 방도 작은 데다 단칸방인 거라. 아낙네가 들어오시라고 해서 들어가 있자니 인심 좋게도 저녁밥까지 한상 가득 차려 왔어.

저녁을 먹은 뒤 남편이 없는 단칸방에 아낙네와 함께 있자니 머쓱해져서 박 어사가 말을 걸었어.

"주인 양반은 어데 가셨는가? 가까운 마을은 얼마나 가야 하는가?"

"돈 벌러 간 지 1주일이 넘었지요. 몇 개의 산을 넘고 또 산을 넘어야 마을이 있는데……. 오늘은 예서 주무시고 가시지요."

그러고는 아낙네가 방 복판에다 물을 한 사발 떠다 놓고 경계를 만들었어. 박 어사는 윗목에서 잠을 자고 아낙네는 아랫목에서 잠을 자려는데 좀체 잠이 와야지.

박 어사는 기지개를 하는 척하고서 그 사발을 돌아 자꾸 아랫목으로 내려간단 말이야.

아낙네도 잠이 들 수가 없지. 실눈을 뜨고 바라보니 아, 박 어사가 얼마나 태질(몸질, 잠버릇)을 하는지 자꾸 굴러 온단 말이야. 사발의 물을 쏟지 않고서도 잘도 굴러 내려오는 거야.

아낙네는 이놈의 행세가 어떤가 보자며 가만히 있었지. 그러고 있다 보니 박 어사가 아낙네 가까이 와서 이불 밑에 쓰적쓰적 발을 들이밀며 태질하는 것처럼 하는 거라.

그러자 잠다 못한 아낙네가 벌떡 일어나 소리를 쳤어.

"어데 이따위 행실하는 손님이 있어. 세상에 이런 손

님 첨 봤다. 잠도 더럽게 자네."

그러자 무안해진 박 어사가 잠꼬대하는 척 "아, 원래 내 잠이 그렇소" 하면서 다시 태질을 해.

"그러면 요번에 쫌 잘 자시오. 요번에 또 잘못 자면 이제 올 저녁에 큰일 날 줄 아시오."

망신 당한 박 어사는 "다시 안 그러겠다"며 윗목에 올라가 자려 했지만 도대체 잠이 와야지. 그러니 또다시 슬그머니 아랫목으로 내려가 아낙네의 허벅지를 건드렸어.

그러자 아낙네가 벌떡 일어나 박 어사에게 바깥에 나가 물푸레나무 한 단을 가지고 오라는 거야. 박 어사는 영문도 모르고 밖으로 나가 한 단을 가져왔어. 박 어사가 방 안에 들어서자 아낙네는 대뜸 큰소리를 쳐.

"이보시오 손님, 내 앞에 다리 걷고 서시오."

얼떨결에 박 어사는 물푸레나무 한 단이 다 부러지도록 얻어맞았지. 행실머리 더럽다고. 날이 새도록 매만 실컷 맞다가 도망치듯 떠나려는데 남편이 막 들어서는 거야.

박 어사는 아이고, 이제 큰일이라며 겁을 먹고는 도망치려는데 남편이 다가와서 부드러운 목소리로 "손님, 어제 저녁잠은 편히 잤수?" 하고 묻는 거야.

박 어사가 우물쭈물 말을 잇지 못하자 남편은 아낙네를 향해 소리를 버럭 질렀어.

"아니, 이 여편네가 손님 대접을 형편없이 했구먼. 빨리 아침상이나 차리지 않고 뭐 해?"

뜻밖의 상황에 처한 박어사는 내심 불안했지만 어쩔 도리가 없어 결국 주인 남편과 아침을 먹고 술까지 대접 받았어. 적당히 취기가 오른 남편이 한 가지 제안을 하는 거라.

"요 앞에 강이 있는데 우리 둘이 가서 고길 잡아서 술 한잔 더 합시다."

안 된다 할 수도 없고 해서 강에 나가 바지를 걷어 올리고 고기를 잡는데 시커먼 뱀이 감긴 것 같은 종아리를 남편이 본 거라.

"도대체 어쩌다 종아리가 이렇게 된 거요?"

박 어사는 한참을 머뭇거리다 실토를 했어.

"에, 엊저녁에 자는데, 내 잠버릇이 더러워 가지고 그런 게 아니라, 내 솔직히 말해서 잠버릇이 그런 게 아니라, 당신 각시가 하도 고와 가지고 내가 막 태질하는 것처럼 각시 있는 데로 가다가……. 내 잘못했으니 맞아도 싸지요."

그러자 주인남편이 깜짝 놀라는 거야.

"그따위로 손님 대접하는 게 어딨는가? 아무리 잘못했다기로서니 이렇게나 많이 때리는 게 어딨는가?"

집으로 돌아온 남편은 박 어사를 방 안에다 앉혀 놓고는 아낙네에게 소리를 질렀어.

"너 가서 물푸레나무 한 단 가져오너라."

그러고는 막 아낙네를 때리니까 박 어사는 빌어야지 뭐, 어째. 자기 때문에 이 여자는 잘하고서도 맞으니 빌수밖에.

"나 때문에 그랬으니 때리려면 날 때리시오" 하면서 아주 손이야 발이야 빌고는 그 집을 나왔다는 얘기가 있어.

박 어사가, 어사 박문수가 나랏님의 명을 받드는 사람

이지만 여자만 보면 오금을 못 썼던 모양이라.

"나는 남편이 하나 반이오"

조선에 이름난 강감찬 장군이라고 있었는데 이 사람이 재간둥이지만도 툰[屯, 마을]에 무슨 일을 하게 되면 하여간 짓궂은 짓도 잘했대.

이 동네 색시들이 무슨 일을 하는가 하면 봄이 되면 조선에서는 물마중을 간다든가. 그때면 이 강감찬이란 사람이 발가벗고서는 기름 독에 홀딱 들어갔다가는 그 다음에 밀가루 독에 홀딱 들어갔다 나온 뒤 여자들이 물마중 가는 길가의 큰 고목나무 위에 탁 앉는 거라.

그러고서는 하는 말이 걸작이야.

"여봐라, 거기 다 섰거라."

그러니 온 각시들이 옷을 곱게 입고 가다가 깜짝 놀라 모두 서게 되지.

"내가 하늘에서 내려온 옥황상제인데, 너희 말이야,

남편이 몇 명인지 제대로 다 말하거라. 내가 낱낱이 알고 있지만 만약에 너희가 제대로 말하지 않으면 단박에 너희 모가지가 달아날 줄 알거라."

여자들이 가만히 보니까 겁이 덜컥 나거든? 머리고 온몸이고 허연 게 옥황상제는 한 번도 본 적이 없지만 정말 옥황상제인가 했겠지. 놀란 가슴 간신히 진정을 시키고는 하나둘 대답을 하는 거야.

"나는 둘이오, 둘."

"나는 셋이오, 셋."

어떤 여자는 아홉이요 열이요 하고 이실직고한단 말이야.

그런데 자기 마누라만 대답을 하지 않으니 그 여자를 향해 강감찬이 너는 몇이냐고 물었어. 그러자 그 여자는 "나는 남편이 하나 반이오" 하는 거야.

강감찬은 하도 어이가 없어 모두들 가던 길 가라고 했어. 그러고는 얼른 집으로 돌아와 시침을 딱 떼고 마누라가 오기를 기다렸어. 마침내 물마중 갔다 오는 마누라에게 강감찬이 물었어.

"물마중 별일 없이 잘 갔다 왔는가?"

"그럼요. 아주 잘 갔다 왔지요."

"정말, 아무 일 없었는가?"

강감찬이 되묻자 마누라는 왠지 좀 전에 본 옥황상제의 모습이 떠올라 거짓말을 할 수 없었어. 속이면 모가지가 달아날 것 같고, 차라리 부끄럽지만도 옥황상제의 말처럼 사실을 얘기하면 죽지 않고 살겠구나 싶어 얘기했지.

"물마중을 가다가 옥황상제를 만났는데 느닷없이 남편이 몇이냐 묻지 않겠어요. 거짓말하면 모가지가 달아난다고 해 솔직히 말했지요. 다른 여자들은 둘이요, 셋이요, 아홉이요, 열이요 했지만 나는 겨우 남편이 하나 반이라고 했지요."

"뭐라고, 하나 반?"

"예."

"어째서 나는 분명 하나인데 하나 반인가? 반은 어떤 놈인가?"

궁금해진 강감찬이 다그쳐 물었어.

"내가 아침에 머리를 감느라고 허리를 숙이고 있는데 웬 사내놈 하나가 다가와 덥석 젖통을 잡아 보고 비틀어 보고 달아나는 거예요. 어떤 놈인지는 모르지만 그놈이 반쪽 서방 아니겠어요?"

이 말을 들은 강감찬은 아무 말도 못 했어. 바로 젖통을 덥석 잡은 그놈이 강감찬 장군이었으니까.

중국 흑룡강성 조선족 권병희 할머니의 애기를 듣는 동안 필자는 마치 옛날의 고향에 돌아온 듯한 착각이 들 정도였다.

경북 안동, 의성의 말씨가 그대로 남아 있었지만 얘기 도중에 부르는 권씨 할머니의 각설이타령 같은 민요도 원형을 유지하고 있었다.

외래자에 대한 경계심 등으로 채록이 어렵긴 했지만 민속 조사 기간에 수많은 육담을 채록할 수 있었다.

이번에는 중국 요령성(遼寧省) 신빈현(新賓縣)에서 만난 김순화(金順化) 옹의 고기 얘기를 소개하고자 한다.

그는 중학교에서 음악, 지리, 역사, 체육 등을 가르쳤고 해방군 전사 중대에서 오락간사 노릇도 했으며, 현(縣)의 문화원 부관장도 지냈다. 또 신빈현의 현지(縣誌) 집필에 가담하기도 했다.

설화를 조사하다 보면 옛 얘기 얻어듣기가 쉽지 않은 분들이 간혹 있는데 이분이 바로 그런 분이다.

작년 홍수 때 집 안에 물이 들어 피해가 컸다면서 술을 많이 들었다. 이야기 두어 개를 하고 나면 한잔 마시고는 "나 좀 자자"며 드러눕곤 했다. 좋은 이야기를 기대하면서 자는 동안 그저 묵묵히 침대 옆에서 기다려야만 했다.

김옹은 스스로를 이렇게 평가했다.

"나도 좀된 일 잡된 일 다 한 사람이오. 여자 한둘이야 다 건드렸지 뭐, 나두. 내가 하는 육담은 점잖은 쌍소리이고 이런 웃는 이야기는 다 짧지 뭐. 쌍소리도 마지막에 가서는 멋이 있게 끝나야 하는 법이지. 어디 가서 들으니 '김삿갓이 죽었다니까 강변의 버들이 춤을 췄다' 하더군. 김삿갓이 글을 짓느라고 버드나무 가지를 어찌나 많이 꺾어서 불에 태워 썼던지 버드나무들이 김 삿갓이 죽었다니까 오늘날처럼 하늘하늘 춤을 추었다고 하더군. 그런데 김삿갓이 또 잡된 일을 많이 저질렀다는군."

이같이 설명하면서 다음 이야기를 들려주었다.

"우리가 수염이 있소?"

김삿갓이 어디를 가다가 보니 날이 저물어서 기숙에 들었다. 그런데 그 여관집 주인이 인심이 사납고 아주 까다롭게 굴었다.

밤에 잘 때 보니 주인영감 며느리가 혼자 자고 있었다. 김삿갓은 몰래 그 방에 들어갔다. 그러고는 주인집 며느리에게 입을 맞추는 게 아니라 바지를 홀딱 벗고서 밑구녕에 그것으로 입을 맞췄다.

주인집 며느리는 시아버지에게 "하, 어떤 놈이 몰래 들어와서 입 맞췄다"고 고해 바쳤다.

며느리의 이야기를 들은 시아버지는 노발대발 화가 나서 "아, 이놈의 자식들, 젊은 놈들이 온전히 자고 가지 뭐인가" 하고 야단이었다.

그놈이 어떻게 생겼더냐고 묻자 며느리는 콧수염이 난 사람이라고 일러 바쳤다.

그러자 김삿갓과 젊은이들이 말하기를 "우리가 어디 수염이 있소, 하나도 없잖소? 수염이 있는 사람 하나도 없잖습니까?" 그러고는 이리저리 둘러보더니 "거 영감이 수염이 있잖소?" 하고 반문했다.

영감은 할 말을 잃었다.

"에이 그년, 새벽물 많이도 쌌다"

봉이 김선달이 새벽에 한 마을을 지나는데 한 여자가 쌀을 씻고 있었다. 쌀을 다 씻은 여자는 그 물을 큰길에다 확 부어 버렸다.

이를 본 봉이 김선달이 "에이 그년, 새벽물 싸기도 많이 쌌다"고 수작을 걸었다. 욕지거리를 한 것이다.

그러자 그 여자가 "새벽물에 김선달이 하나 되어 나간다" 하고 맞받아쳤다. 말하자면 봉이 김선달이 그 여자 아들이 된 것이다. 그 뒤부터 봉이 김선달은 여자에게는 농을 걸지 못했다고 한다.

권(權)씨의 유래

어느 날 안 정승이 길 가는 중을 불렀다.

"스님, 여쭐 일이 있습니다."

"무슨 일입니까?"

"우리 궁궐에 말입니다. 권 정승이라고 있는데, 나는 안 정승이고, 이 권 정승이 자꾸만 농담으로 나를 욕하는데, 나 이거 원, 권 정승을 어떻게 욕을 해 주면 좋겠습니까?"

"그러면 날을 정해 권 정승을 안 정승 집으로 청해 주시오. 그럼 내 그때 지나갈 테니까 나를 불러 주시오. 그러면 내가 알아서 하겠습니다."

안 정승은 중에게 이 같은 약속을 받았다. 약속한 그날 중이 안 정승 집 앞을 지나가고 있었다.

"여보시오, 여보시오, 대사."

"예."

"이리 오슈. 우리 술이나 한잔합시다."

중이 떡 들어가서 술을 한잔했다.

권 정승이 있다가 중에게 물었다.

"대사, 성이 뭐요?"

"예, 저는 성이 복잡합니다. 우리 오마니가 얼마나 설쳤는지 나를 성태(成胎)할 적에 네 사람이나 붙어 가지고 났기 때문에 성이 곤란합니다. 우리 오마님은 이(李)가도 붙이고요, 노(蘆)가도 붙이고요, 엄(嚴)가도 붙이고요, 최(崔)가도 붙였대요."

"그래, 어떻게 됐소?"

"말하기 곤란합니다만, 그래서 이가에겐 나무 목(木)자 하나 따고요, 노가에겐 초 두(艹) 자를 따고요, 엄가에게서는 입 구(口) 자 두 개를 따고요, 최가에게서는 새추(隹) 자를 따서 권(權)가가 됐습니다."

중의 이야기를 들은 권 정승은 "에이, 쌍놈"이라고 욕을 하며 얼굴을 붉혔다.

오래간만에 권 정승을 욕보인 안 정승은 속이 시원하고 후련해졌다.

"과부가 혼자 수음해서 낳은 아이가 항우요"

옛날에는 과부가 생기면 업어 가는 풍속이 있었다. 그래서 업어 가지 못하게 하려고 부모가 딸의 수절을 지키고 있었다.

그런데 부모가 나이가 많다 보니 아들에게 "언젠가 포수들이 올 것이니 잘 대접해 보내라"는 유언을 남기고 죽었다. 아들은 그 말이 무슨 뜻인가 하고 의아하게 생각했다.

그로부터 2~3년이 지난 어느 날, 포수 두 명이 총을 메고 들어왔다. 주인아들은 아버지가 남긴 말이 문득 생각났다. 주인은 포수들에게 저녁을 잘해 먹이고 사랑방에 잘 모셨다.

포수들에게는 주인의 이러한 대접이 뜻밖이었다. 그런데 밤 12시쯤 되자 개가 어찌나 짖어 대는지 참, 귀가 사나워 못 견딜 지경이었다.

포수들은 자다가 "아, 이거 좀 이상하다. 도둑놈이 온 것 같으니 신세를 좀 갚고 가야겠다"며 총을 재워 가지고 나갔다.

밖에 나가니 달이 떠 있는데 이놈의 개가 하늘을 보고 자꾸 짖는 것이었다. 그래서 쳐다보니 대가리가 커다란 놈이, 형체가 어떻게 생겼는지도 모르는 놈이 쑥 올라갔다 내려왔다 하는 것이었다. 개가 그놈을 보고 짖는 것이었다.

포수들은 그놈이 올라갈 때 쏘았다. 방에 들어와 자면서 포수들이 생각해 보니 '이거 이 집의 보배를 쐈는지 아니면 해가 되는 것을 쐈는지' 알 수가 없었다.

해치는 놈을 쐈다면 신세를 갚는 것인데 그렇지 않고 이로운 놈을 쐈다면 도리어 죄가 되는 것이었다. 그래서 포수들은 새벽 일찍 달아나고 말았다.

주인이 아침에 일어나 '어젯밤 총소리가 났는데 누구를 쐈는가, 뭘 쐈는가' 궁금해서 사랑방에 가 보니 포수들이 어디를 갔는지 흔적도 없었다.

그래서 담장 쪽을 척 보니까 아무것도 없었다. 이번에는 장독 옆을 떡 보니 대가리가 커다란 놈이 총에 맞아 떨어져 있었다.

팔다리도 없고 껍데기도 없고 아무것도 없었다. '이게 도대체 뭐인가' 알 수 없었다. 동네 영감들을 다 데려다가 물어봐도 뭔지 몰랐다. 자기네들도 처음 본다는 것이었다.

주인이 '이게 도대체 이름이 뭔가' 궁금해 이놈을 시장 거리에 매달아 놓았다.

그러자 가는 사람 오는 사람들이 그것을 척 쳐다보고서는 "눈도 있어 보이구, 콧구멍도 있어 보이구, 귀도 좀 있어 보이구, 입도 좀 있어 보이구. 그런가 하면 또 그래 보이지도 않고, 아닌가 하면 긴(그런) 것 같기도 하고 도대체 모르겠다"는 것이었다. 지나가는 사람이 들여다보고는 모두 이상하게 생각했다.

하루는 중이 지나가다가 그것을 척 보더니 말했다.

"하, 이건 항우다. 이는 과부집에 있는 건데 과부가 남편이 그리워서 이렇게 참지 못하고 자기가 혼자서 낳은 거다. 이 집안은 이걸 죽였기 때문에 이제 일이 잘되겠다."

결국 과부는 시집을 보내야 한다는 이야기였다. 과부가 남자 없이 혼자 수음(手淫)을 해서 낳은 그 아이는 짐승도 아니요 사람도 아닌 '항우'라는 것으로, 그 유래가 이렇게 된 것이다.

중들이 책을 많이 보니까 항우를 알아볼 수 있었던 것이다. 아버지가 그것을 예견하고, 항우를 자식들이 무서워서 못 쏘니까 포수들을 잘 대접하여 쏘게끔 유언한 것이다.

"저는 어젯밤에 업혀 온 이 집 사위외다"

약 100여 년 전, 조선조 후기 봉건사회 때 사회질서가 어지러웠다. 지어 놓은 무슨 법도 없이 흐리멍텅했다. 홀아비가 되면 다시 장가를 드는 것이 아니라 과부를 업어다 강제로 사는 것이었다.

어느 마을에 젊은 과부가 홀로 산다는 소문만 들리면 홀아비가 몇몇 든든한 청장년들을 한잔 잘 먹이고 대동해 과부집에 들어가서 큰 또아리를 씌워 가지고 업고 온다.

바로 업고 올 때 과부가 손은 못 쓰지만 입은 있으니 업은 사람을 물기도 한다. 이럴 때는 돌려 업고 왔다.

업혀 온 사람이 첫날부터 고분고분 말을 잘 들을 리 없다. 그러면 청장년들이 그 과부를 때리거나 인두로 지지는 등 악형을 가하여 업혀 온 과부를 항복시켜 억지로 사는 것이었다.

그런데 악형을 겁내지 않고 홀아비와 싸우는 과부는 다시 돌아갈 수도 있고, 어떤 때는 과부를 업어다 다른 방에 가두어 놓고 자기들끼리 좋다고 술을 먹고 소리를 하며 정신 없이 놀다가 다른 홀아비가 와서 업어 가는 일도 있었다. 때문에 허다한 희극이 벌어지곤 하였다.

당시 한 마을에 자식들과 함께 사는 홀아비가 있었는데 큰딸이 거의 17~18세 나이기에 밥을 짓는 데는 걱정이 없었다.

　허나 가정생활에서 불편한 점이란 이만저만이 아니어서 어디 가서 과부를 하나 업어 올 작심을 했다.

　그때 아랫마을에 젊은 과부가 하나 살고 있었는데 도처에서 과부 업어 간다는 소문을 듣고 밤이면 식칼을 베개 밑에다 놓고 자다가 남자들이 들어오면 칼을 휘둘렀다.

　때로는 고치 주머니를 해 놓았다가 들어오는 놈의 면상을 때리면 눈도 뜰 수 없고 재채기만 하면서 되돌아간 일이 한두 번이 아니었다.

　이렇듯 방비는 하였으나 매일같이 할 수는 없어 머지않아 업혀 갈 것만 같았다.

　과부 본가에는 스무 살이 되었으나 가정이 구차하다 보니 장가를 들지 못한 남동생이 하나 있었다.

　어느 날 밤이었다. 과부는 남동생을 집에 데려다가 자기 의복을 입히고 머리도 똑같이 단장시키고 자기 방에다 자게 하고는 자기는 본가로 가 버렸다.

윗마을 홀아비는 그 과부를 업으러 갔다가 상처만 입었다는 소문을 듣고 돼지같이 미욱한 청년 몇을 청하여 술을 한잔 먹이고 그 과부 집으로 내려갔다.

모두 청년들이라 동작이 빠르다 보니 문을 열고 들어가자마자 과부 방에서 자고 있는 사람이 과부인지 무엇인지도 모르고 큰 또아리를 씌워 데려왔다. 일은 매우 순조로웠다.

마침내 홀아비가 깨진 박마냥 희쭉벌쭉하며 들어와 자리를 펴고 합방하려고 하였다.

그러나 업혀 온 청년은 이팔청춘 불이 붙는 나이라 마흔 줄의 홀아비쯤은 외손(한 손)으로도 제압할 수 있었다. 청년이 힘을 주어 달려드는 홀아비를 발로 탁 차니 실경다리(살강, 시렁) 아래까지 가서 처박혔다.

홀아비는 아마 첫날이니까 분이 안 풀려서 그러리라 하고 자기 딸에게 갓 업어 온 어머니와 동무하라고 하였다.

큰딸은 아버지가 말을 하니 진정 과부를 업어 왔으리

라 여기고 거침없이 들어가 깍듯이 어머니라 부르면서 노하시지 말고 오늘밤은 자기와 동무하자면서 한이불 안으로 들어갔다.

큰딸이 그 방에 들어간 후에는 격투가 벌어지지 않고 잠잠했다. 나이가 스물이 넘도록 장가를 못 든 놈이 장독 같은 큰애기가 자기 이불로 들어오는데 가만 놓아둘 일이 만무였다.

이튿날 아침, 업혀 온 과부는 상투를 틀고 있었고 큰딸은 부엌에 나가 울고 있었다. 아버지가 부엌에서 울고 있는 큰딸에게 물었다.

"왜 방정맞게 울고 있느냐?"

"아버지, 방에 들어가 봐요. 업어 온 사람은 과부가 아니에요."

아버지가 경색하며 방에 들어가 보니 상투를 튼 청년이 올방대를 하고 앉아 있었다. 아버지는 성이 상투 끝까지 올라왔다.

"너는 누구냐?"

"예? 저 말이오? 저는 어젯밤에 업혀 온 이 집 사위외다"라고 태연스럽게 대답하는 것이었다.

"오이씨 사시오, 오이씨 사시오!"

옛적 어느 마을의 열다섯 살 난 아들이 열여덟 살 난 아내를 맞았다. 첫날밤 새색시가 남편을 보니 자그마한 것이 눈에 차지 않았다.

색시는 조심성도 적었고 특히 주의하지 않은 탓으로 그만 첫날밤에 나오는 대로 방귀를 한 방 뀌었다.

남편이 제아무리 작지만 새색시가 첫날밤 버릇없이 함부로 방귀를 뀐다는 것은 행실이 좋지 못하다고 생각되었다.

사흘 만에 아내를 데리고 처가로 가서 처부모들보고 색시가 예모(禮貌)가 없기에 같이 살 수 없다고 하였다. 약간의 실수로 남편에게 버림을 받은 새색시는 시집에도 못 가고 본가에서 청춘을 보내었다.

그래도 시집은 갔다고 며칠 있다 보니 그 달부터 태기

가 있어 열 달 만에 몸을 풀었는데 아들을 낳았다. 이 색시는 아들을 귀중히 여겨 딴 집을 잡고 살아갔다.

어느덧 아이는 열세 살이 되었다. 남들은 모두 아버지가 있는데 자기만 아버지가 없는 것을 고민하다 하루는 어머니보고 묻게 되었다.

어머니는 아들이 자기 아버지를 묻는 것이 기쁘기도 했지만 또한 부끄럽게도 생각되었다. 허나 이러저러한 생각을 버리고 아버지가 없는 원인을 말하였다.

어머니의 말을 들은 후에야 아이는 비로소 아버지가 없는 이유를 알게 되었고 아버지 이름도 알게 되었다. 아이는 아버지를 찾기 위해 한 꾀를 생각해 냈다.

어느 날 이 아이는 자기 어머니보고 오이씨를 좀 많이 구해 오라 하였다. 아들의 부탁을 받은 어머니는 며칠을 두고 산지사방을 다니면서 많은 오이씨를 구해다 아들에게 주었다.

이 아이는 오이씨를 걸머지고 아버지가 살고 있는 마을로 찾아갔다. 마을에 들어가 집집이 다니면서 문패를 보니 어느 집 문패에 자기 아버지 이름이 쓰여 있었다.

아이는 그 집 앞에서 큰소리로 외쳤다.

"오이씨 사시오, 오이씨 사시오! 이 오이씨는 아침에 심으면 저녁에 오이를 따 먹을 수 있습니다."

아이의 외침을 들은 아버지는 문을 열고 나와 아이에게 되물었다.

"얘, 그 오이씨는 아침에 심으면 저녁에 따 먹는다구?"

이때 아이가 보니 틀림없는 자기 아버지였다.

"예, 그렇습니다. 이 오이씨는 우리 어머니가 먼 곳에서 구해 온 오이씨인데 아침에 심으면 저녁이면 따 먹지만 방귀를 한 방 뀌어야 따 먹을 수 있지요."

집주인은 방귀 한 방이라는 말을 듣고 첫날밤 일이 떠올랐다. '필경 여기에는 연고가 있다'면서 그 아이를 데리고 집 안으로 들어갔다.

방에 들어가 방귀 한 방의 유래를 물으니 자기 어머니의 내력을 말하면서 아버지를 찾으러 다니고 있다는 것이었다.

아버지는 아들의 꾀에 과거의 잘못을 더듬게 되고, 다

시 첫 아내를 찾아가 빌고는 함께 잘 살았다고 한다.

지금까지의 얘기는 1995년 8월 8일, 중국 요녕성 신빈현 만족자치현(滿族自治縣)의 김순화 옹에게서 채록한 것이다.

김순화 옹은 '돈 먹은 이야기'라면서 프로 의식을 지니고 있어 채록하는 데 힘이 들었다. 중국 사회가 개방되면서 점점 현장 조사를 하기가 힘들겠구나 하는 예감이 들었다. 이곳도 예외 없이 육담의 주인공이 김삿갓과 봉이 김선달이란 점이 흥미로웠다.

김선풍(아세아민속학회 명예회장, 중앙대 명예교수)